HÉSIODE ÉDITIONS

LAURE CONAN

La Sève immortelle

Hésiode éditions

© Hésiode éditions.

1 rue Honoré - 93500 Pantin.
ISBN 978-2-38512-089-4
Dépôt légal : Novembre 2022

Impression Books on Demand GmbH

In de Tarpen 42
22848 Norderstedt, Allemagne

La Sève immortelle

I

Jean Le Gardeur de Tilly, capitaine de milice incorporé dans les grenadiers, avait été blessé grièvement à la bataille de Sainte-Foy.

Transporté mourant à l'Hôpital-Général, il y avait cruellement souffert. Pendant bien des jours, sa vie ne tint qu'à un fil.

Mais un beau matin du mois de juin, le docteur Fauvel, après l'avoir soigneusement examiné, lui dit triomphant :

– Enfin, vous êtes à nous !

Un éclair de joie traversa les yeux sombres du blessé. Son visage, creusé par la fièvre, et d'une pâleur de mort, s'éclaira.

– Vous croyez que je ne mourrai pas, murmura-t-il.

– Si je le crois ?... Vous êtes en pleine convalescence. Ah ! la jeunesse s'entend aux réparations... Vous en êtes une belle preuve, et si nous pouvions vous donner la nourriture qu'il vous faudrait, vous seriez bien vite rétabli.

Le capitaine de Tilly prit entre ses mains décharnées la main du docteur et lui dit avec émotion :

– Que vous avez été bon, dévoué, sympathique...

– Le beau mérite ! fit le docteur gaiement. Ignorez-vous que vous avez été héroïque, le 28 avril ? Nous sommes tous fiers de vous.

Un sourire effleura les lèvres décolorées du blessé, ses longs yeux noirs eurent un rayonnement.

– Si vous saviez comme j'ai eu peur dans mon lit ! répondit-il. Ah ! ces affreux cauchemars de la fièvre.

– Finis, finis, les cauchemars. Vous n'avez plus qu'à vous laisser vivre, qu'à écouter le chant des oiseaux.

– Sans doute, je serais sous terre, dit l'officier avec une singulière profondeur d'accent. Et vous saviez que je ne pourrai jamais reconnaître vos soins. Ma famille doit être complètement ruinée.

– C'est plus que probable ; grâce à Bigot et à sa clique, nous sommes tous ruinés. La misère est universelle et le drapeau anglais flotte sur Québec… Que c'est triste ! Mais, n'importe, le soleil est encore beau à voir.

Brusquement, le docteur ouvrit toute grande la fenêtre cintrée de la petite chambre, et sortit.

Durant ses longs jours d'agonie. Jean de Tilly avait ressenti jusque dans ses moëlles les horreurs du tombeau ; aussi, la belle lumière chaude lui fut infiniment douce. Une allégresse le pénétra. Sentir qu'il appartenait de nouveau à la terre lui fut une jouissance étrange, délicieuse. Toutes les souffrances, toutes les douleurs étaient oubliées.

Que c'est bon de voir clair ! Que c'est bon de vivre ! songeait-il en regardant sa chambrette ensoleillée.

Ses murs lui semblaient rayonner de l'espoir. Son lit de douleur, où les visions du délire l'avaient harcelé, lui était devenu doux, reposant. Il respirait avec délices l'air du pur matin, les fraîches senteurs résineuses que le vent léger lui apportait.

Et dans ce calme, dans ce bien-être, un souvenir de la journée du combat l'émut soudain. Il se rappela comme l'amour de la vie l'avait tout à coup saisi, comme la terre lui avait paru belle, quand il courait avec ses gars, par le froid matin du 28 avril.

Le ciel était sombre, la neige fondante partout souillée, les bois avaient encore leurs branches noires, mais sa jeunesse entendait le printemps qui chantait : J'apporte l'herbe, les feuilles, les parfums, les voix d'oiseaux… Tu connaîtras l'ivresse de l'amour…

Un regret aigu comme un dard lui avait transpercé le cœur. Toute sa force l'avait abandonné. Mais il s'était vite ressaisi, et peu après, il était sur le champ de bataille.

L'Anglais était le maître et le resterait en définitive. Il le croyait. Mais la Nouvelle-France devait tomber noblement. Jean de Tilly avait donné son sang pour l'honneur de la race glorieuse…

Maintenant, se sentant renaître, il jouissait du bonheur très simple d'exister. Mais, à travers cette douceur, les inquiétudes, les tristesses se glissèrent bientôt.

Appuyé sur ses oreillers, ses yeux noirs demi-clos, il songeait à sa mère, à son foyer ruiné, à ses camarades restés sur le champ de Sainte-Foy, qui gisaient sous l'herbe haute et drue.

La pensée que l'Anglais allait régner sur la terre où dormaient les héroïques pionniers français lui était cruelle. Il se plaignait à Dieu en invoquant leurs mérites. Offrir ce qu'il avait souffert ne lui vint pas à l'esprit ; ses blessures, ses souffrances, Jean de Tilly n'y songeait plus ; mais le sacrifice du rêve d'amour à son devoir de soldat avait à ses yeux un grand prix, et dans le secret de son cœur, il l'offrit pour sa patrie…

Puis, une apaisante langueur l'envahit… Il s'endormit et rêva que, dans le cimetière de Saint-Antoine de Tilly, il voyait sortir de terre, se lever suppliantes vers le ciel, les mains qui avaient défriché la forêt.

Quand Monsieur de Tilly se réveilla, sur une petite table près de son lit, il vit un bol de lait et du pain noir.

Ce n'était pas ce que réclamaient son épuisement, son appétit de convalescent. Les plats fumants d'autrefois, les grasses poulardes, les belles perdrix rôties des jours d'abondance passèrent devant ses yeux.

Puis, il prit le répugnant pain noir, se redressa sur ses oreillers, et courageusement s'efforça de manger.

Comme il y tâchait, on frappa légèrement à la porte, et une religieuse entra. Son visage flétri accusait les privations et les fatigues de ces jours douloureux. Sur son bras gauche, elle portait une capote militaire soigneusement pliée et quelques branches de lilas.

– Bonjour, Mère Catherine, dit le jeune homme. Je vous ai donné bien du mal, mais décidément, paraît-il, vous n'avez pas perdu vos peines.

– C'est bien vrai ! Vous voilà hors de danger, s'écria-t-elle, rayonnante de joie. Que je suis contente… Tout l'hôpital est en fête.

Elle lui donna les fleurs odorantes, et dépliant la capote qu'elle accrocha à une patère :

– Le docteur veut que vous sortiez dès que vous le pourrez. C'est pourquoi je vous ai apporté votre capote. Vous l'aurez sous la main. Quand je la pris toute pleine de sang pour la laver, je croyais bien que vous seriez enseveli dedans. Que Dieu est bon de vous faire vivre !

Et ramassant les miettes de pain sur le lit :

– J'avais le cœur malade de vous servir un tel repas, dit-elle, mais tout de même, vous avez mangé…

– Il le fallait bien. J'ai tellement faim… Le pain n'est pas bon, mais c'est du vrai pain. Tant d'autres n'en ont pas !

Lentement, avec goût, il but le lait et remit le bol à la Mère Catherine. La religieuse roula la petite table contre le mur, plia et serra la serviette de toile blanche.

– Mère Catherine, demanda l'officier, vous rappelez-vous la bonne odeur du beau pain chaud ?

– Si je me la rappelle. C'était le bon temps. L'odeur du pain embaumait toute la maison. Aujourd'hui, bien des gens mangent bouillis les pauvres grains qu'ils ont pu sauver… La misère est affreuse… On défaille dans les rues de Québec. Savez-vous qu'après la bataille, nous avons été deux jours sans avoir, à bien dire, autre chose que de l'eau à donner aux blessés ?

Jean de Tilly fixa sur elle ses yeux sombres et resta quelques instants à la regarder sans parler, et dit ensuite d'une voix altérée :

– La faim… les blessures… Mère Catherine, cela se supporte. Ce qui est insupportable, c'est de savoir le pays à bas.

Et trop faible pour se maîtriser, il s'affaissa dans son lit et pleura comme un enfant.

La Sœur le regarda inquiète, toute saisie de cette prostration subite. Volontiers, elle aurait pleuré aussi. Mais, dominant son émotion, elle lui murmura des mots de douceur et d'espoir.

Quand il fut un peu calmé :

— Comme le docteur gronderait, s'il vous voyait, dit-elle, essuyant maternellement son visage baigné de larmes. Qu'est devenu votre courage ?... Puis, vous le savez, la volonté de Dieu est dans les événements, et cette volonté, il faut l'accepter. Malgré tout, les Canadiens ont bien le droit d'être fiers. Cette bataille de Sainte-Foy, où vous avez laissé presque tout votre sang, Monsieur de Tilly a été une victoire.

— Mais, la Nouvelle-France n'en restera pas moins aux Anglais. Nous sommes des abandonnés, gémit-il.

— Et après ? dit Mère Catherine. Dieu peut ce qu'il veut, n'est-ce pas ?... Pas une feuille ne tombe sans sa permission, le plus humble germe de la forêt n'est pas en oubli devant lui. Parce que la France nous abandonne, croyez-vous qu'il va nous abandonner ? Pourquoi désespérer de notre pays ?... Dites-moi, que savons-nous ?... Qui a jamais vu l'avenir ?...

Instamment, elle le conjura d'être raisonnable, de ne pas s'émouvoir, de chasser bien loin les tristes pensées, de ne pas nuire à son rétablissement.

Il l'écouta, tranquille, silencieux, mais ses yeux profonds restèrent chargés de tristesse.

La bonne hospitalière lui fit baiser la croix de son chapelet, et s'en alla à ses autres malades.

II

La lutte tragique et le soin des blessés avaient fait négliger le beau jardin de l'Hôpital-Général.

Les herbes folles, les plantes, dites mauvaises, croissaient librement parmi les violettes et les roses, et le gazon débordait dans les longues allées droites où les feuilles mortes gisaient, tassées par les neiges et les pluies.

Mais les convalescents aimaient ce vaste jardin où tant d'oiseaux chantaient, où l'âpre arôme des cèdres et des sapins se mêlait aux parfums suaves des fleurs, et ils s'y tenaient souvent.

Tous les matins, un infirmier y conduisait le capitaine de Tilly, et l'installait dans un hamac réservé pour lui. C'est là qu'il passait ses jours. La brise le berçait, se jouait dans ses cheveux. La belle lumière de vie – si douce aux mourants ressuscités – l'enveloppait, le pénétrait. Il en ressentait la vertu bienfaisante. Sa pâleur terreuse s'éclaircissait : il put bientôt faire quelques pas. Mais sa joie de vivre était bien diminuée, bien flétrie.

Pour tous ceux qui l'approchaient, le souci du pain quotidien restait un problème angoissant. Quatre années de guerre avaient fait négliger l'agriculture. Pendant que les hommes étaient à l'armée pour garder le Canada à la France, les vieillards, les femmes, les enfants avaient courageusement cultivé la terre ; mais les infâmes coquins qui spéculaient sur la souffrance publique avaient fait enlever les grains et les bestiaux. La détresse était extrême, la noire misère, générale.

Un soldat doit savoir affronter les privations comme la mort sanglante. Jean de Tilly ne l'ignorait pas. Passé des bancs du collège à la milice, il avait fait l'expérience des rudesses de la vie. Mais la bassesse le révoltait ; ce qu'il entendait raconter des hontes de l'administration Bigot lui mettait au cœur d'affreux dégoûts.

Puis, comme celle de bien des Canadiens, sa formation avait été toute militaire. Sa carrière se trouvait brisée. Qu'allait-il faire de sa vie ?… que lui réservait l'avenir ?…

Le Canada allait devenir anglais, protestant. Cela était fatal, absolument inévitable… Il lui semblait que le passé se détachait, s'éloignait, se perdait dans le noir. Il lui semblait qu'une tristesse s'élevait du sol si longtemps français.

Pour s'abandonner librement à ses tristes pensées, Jean de Tilly, blême et tremblant, gagnait la jolie rivière, et, couché dans l'herbe, regardait l'eau couler.

Près de là, Jacques Cartier avait hiverné en 1535. Jean s'en souvenait. Il savait que Champlain, visitant l'endroit, y avait trouvé les débris d'une cheminée construite par les marins et qu'il en avait détaché quelques pierres pour les emporter à « l'Habitation ».

« L'Habitation » ! Ce mot le faisait rêver. Sous le vaste ciel, il voyait monter la fumée des trois cheminées de ce foyer de la civilisation. Un frémissement courait douloureux dans ses veines. La souffrance l'avait mûri ; son patriotisme, d'abord inconscient, était devenu une passion profonde et brûlante.

Pour oublier le présent si mauvais, l'avenir encore pire, il se plongeait dans le passé ; il évoquait les ombres chères et glorieuses.

Ah ! les nobles rêves, les divines ambitions des hardis explorateurs… C'en était fait…

Sous le chaud soleil, Jean repassait l'histoire de la Nouvelle-France, pleine d'orages, de sang, d'héroïsme. Comme les Français avaient été fraternels aux cruels indigènes !

Il se rappelait tout ce qu'il avait entendu raconter de ses ancêtres, de leurs travaux, de leurs dangers. C'est dans les cendres qu'il lui faudrait chercher les débris de leur foyer. La vieille maison lui apparaissait avec le ciel pur au-dessus, et, tout autour, la forêt inconnue, infinie, telle que l'avaient vue les premiers pionniers. Leurs labeurs surhumains n'avaient-ils pas été bénis ?

Un jour qu'il se sentait encore plus abattu, plus triste qu'à l'ordinaire, le portier de l'hôpital vint au jardin lui remettre une lettre.

– C'est l'ordonnance du colonel d'Autrée qui l'a apportée, dit-il.

Monsieur de Tilly regarda l'adresse. L'écriture fine, élégante, lui était inconnue et lui parut d'une femme.

Il ne se trompait pas. La lettre, fort courte, était de la fille du colonel.

« Savoir que vous êtes en pleine convalescence nous est une joie, disait-elle. Mon père veut que je vous l'écrive. »

« Sa vie n'a jamais été en danger, mais il a beaucoup souffert et porte encore son bras droit en écharpe. Nous croyons tous que mon frère est mort de faim plutôt que de ses blessures. Ce pauvre Louis – si courageux pourtant – ne savait pas surmonter ses dégoûts. »

« Aussitôt que vous pourrez marcher, ma mère vous invite à dîner. Mais il est bien probable que nous n'aurons que du pain de seigle à vous offrir. Mon père parle souvent de vous. Votre conduite à la bataille de Sainte-Foy l'a charmé. « Ah ! la jeunesse ! » dit-il. »

« Monsieur, nous vous souhaitons tous un prompt et parfait rétablissement. »

Monsieur de Tilly connaissait à peine Mademoiselle d'Autrée, mais en lisant sa lettre, il sentit son cœur battre plus vite, et après il resta longtemps songeur, cherchant à se bien rappeler la jeune fille.

C'est en vain qu'il y tâcha. Il ne l'avait vue qu'une fois, deux ans auparavant, le soir même de l'arrivée triomphante à Québec, après la bataille de Carillon.

L'enthousiasme de la foule, les acclamations frénétiques l'avaient un peu grisé, et l'agréable souvenir qu'il gardait de la fille du colonel n'avait rien de précis.

Il n'aurait pu dire si elle était brune ou blonde, mais il se rappelait bien qu'elle lui avait paru charmante. Et songer à cette jeune fille l'enlevait à la cruelle réalité, lui mettait une douceur dans l'âme.

Plusieurs fois, il relut la lettre, cherchant à deviner ce que Mademoiselle d'Autrée pensait en écrivant ces lignes sur l'ordre de son père. Il lui semblait qu'une vive sympathie s'en dégageait, et il avait envie de baiser la signature : « Thérèse d'Autrée ».

Se pensant observé, il n'en fit rien, mais glissa sur son cœur le papier que ses mains avaient touché.

L'avenir ne lui apparaissait plus si lugubre, si désespéré. Quand pourrait-il voir Mademoiselle d'Autrée ? Pour hâter ce moment, Jean de Tilly sentait que rien ne lui coûterait, qu'il était capable de tout.

III

Cette diversion eut un effet magique ; elle amena un sursaut de vie, et, quelques jours plus tard, dans sa petite chambre, – ancienne cellule d'un récollet – Jean de Tilly, aidé de l'infirmier, s'habillait pour se rendre chez le colonel d'Autrée.

Il se sentait fier, ému, triomphant : il avait su vouloir, il avait surmonté sa faiblesse, son abattement. Un rayon éclairait son chemin. Il s'en allait à son rêve ; il allait la voir.

Ce n'est pas sans anxiété qu'il déplia et inspecta son uniforme soigneusement lavé. Ô bonheur ! Les accrocs, les taches de boue, de sang, les traces d'usure avaient disparu. Les doigts de Mère Catherine avaient fait ce miracle. Grâce à la bonne hospitalière, Jean pouvait se bien mettre et il en ressentait un vif plaisir.

Le docteur Fauvel arriva comme il achevait sa toilette. Il le toisa de la tête aux pieds, d'un œil de connaisseur et dit avec satisfaction :

– Ma foi, malgré votre maigreur, vous êtes un beau gars.

Un sourire effleura les lèvres pâles de l'officier qui demanda :

– Je ne fais pas peur ?… En êtes-vous bien sûr ?

Il se regarda un instant dans son petit miroir et dit avec une moue expressive :

– Docteur, j'avais une autre mine au retour de Carillon ! Étiez-vous à Québec à notre arrivée ? Vous en souvenez-vous ?

– Si je m'en souviens !… Et dire que tant de vaillance n'a servi à rien, fit le docteur, avec un geste découragé.

– Ce jour-là, les miliciens furent autant acclamés que les régiments venus de France, continua Jean, fixant son ceinturon. Si vous saviez comme ce souvenir m'est resté vif.

– Les acclamations, les transports de la multitude, les sourires et l'admiration des belles dames, ce doit être bien enivrant quand on a vingt ans.

— Je croyais avoir au front un petit rayon de gloire, dit Jean, rieur.

— Qui sait si vous ne l'avez pas encore ?... Qui sait si Mademoiselle d'Autrée ne le verra point.

— Ne vous moquez pas de moi. Je suis prêt, fit Jean, jetant un dernier regard à son miroir.

— Vous êtes prêt ?... Allons, dit le docteur qui avait voulu le conduire dans sa voiture.

Les deux hommes échangèrent quelques saluts courtois avec les blessés anglais qu'ils rencontrèrent dans l'avenue.

Avec une émotion visible, Jean regardait vers les hauteurs de Sainte-Foy. Le docteur qui s'en aperçut jugea prudent de lui épargner la vue du champ de bataille.

— Nous allons prendre la rue Sous-le-Côteau, dit-il, en détachant son cheval.

D'âpres et saines senteurs, des bruissements, des ramages d'oiseaux montaient de la vallée encore boisée de la rivière Saint-Charles.

Le soleil resplendissait, une allégresse était dans l'air ; tout ce qui avait des ailes était sorti des nids, mais, malgré les six cents maisons reconstruites par les Anglais. Québec était bien triste à voir.

Soixante-huit jours de bombardement avaient accumulé partout les décombres. Les églises, en partie démolies, n'avaient plus de clochers, et le drapeau britannique flottait sur le château Saint-Louis.

Ce Québec si beau, que Lévis voulait brûler plutôt que de le livrer, l'Angleterre le tenait.

Jean serra les dents pour retenir le cri du sang. Sa fierté de race se révoltait ; une âcre tristesse l'envahit tout entier.

Un grand calme régnait dans la ville en ruines et cette paix l'accablait, l'étouffait. Il aurait voulu revenir aux longs jours du siège, entendre encore le sifflement des balles, le bruit sinistre de la mitraille, musique de mort. Alors – si léger qu'il fût – un espoir restait. Maintenant, tout était fini. La terre natale, si jeune, si belle, il la voyait violée, livrée à l'étranger.

Cette douceur, ce charme que la pensée de Mademoiselle d'Autrée avait répandu sur sa tristesse, lui pèsent comme un remords. Il en ressentait une honte et se jugeait petit, puéril. Avoir oublié la ruine de son pays, le malheur de tous les siens, pour songer à une jeune fille à peine entrevue, l'humiliait profondément.

Le colonel d'Autrée habitait rue des Remparts. Sa belle maison, un peu ravagée par les bombes, était encore solide. Un jardin l'entourait presque, et, en descendant de voiture, Jean y aperçut l'officier.

La casquette sur les yeux, le bras droit en écharpe, il était appuyé contre un arbre cassé par les bombes et fumait en regardant la rade. Il avait terriblement vieilli, mais quand il reconnut Jean, son visage flétri, ravivé, s'éclaira. De son bras libre, il l'étreignit, puis, le reculant un peu, une lueur de joie dans les yeux, il s'écria :

– Ni défiguré, ni infirme, que c'est bon à constater ! Moi, je crois bien que mon bras droit ne me servira plus guère.

Une grande jeune fille blonde, vêtue de noir, qui cueillait des fraises au fond du jardin, s'était redressée vivement. Empressée, légère, elle vint à Jean dans la belle lumière et lui dit avec une gracieuse aisance :

— Monsieur, je suis heureuse de vous voir si bien. Le trajet ne vous a-t-il pas fatigué ?

Leurs regards se rencontrèrent et il sentit les pensées noires s'envoler.

Minée par la douleur et les privations, Madame d'Autrée vivait à peine. Mais elle s'efforça de surmonter son abattement et sa tristesse pour rendre le dîner agréable à son hôte.

Le frugal repas, élégamment servi, fut plutôt abondant et réconfortant.

— Sans ce pain de misère, n'est-ce pas que ce dîner serait passable ? dit le colonel, quand ils furent à table. Et, désignant ses deux fils, deux gamins d'une dizaine d'années qui regardaient le milicien avec une ardente curiosité :

— Voici les grands pourvoyeurs du festin. Nos chasseurs n'ont plus ni poudre ni plomb, mais ils s'entendent, ces moutards, à tendre les pièges et les rêts.

— Et à découvrir les œufs de canes sauvages, ajouta Thérèse, souriant à ses petits frères.

Elle était bien mince, bien frêle dans sa robe noire très simple. Son teint avait perdu son éclat, mais sa pâleur restait fraîche ; elle n'enlevait rien à la beauté de la peau et ajoutait au charme de son visage éclairé par de très beaux yeux.

Monsieur de Tilly trouvait doux de l'avoir en face de lui, à la table large et hospitalière. Ses sentiments patriotiques flottaient à la dérive. Il ne songeait qu'à admirer, qu'à plaindre cette noble enfant, qui avait connu les souffrances de la faim, et mangeait tranquillement le pain noir si amer.

On sentait que la douleur ne l'avait guère atteinte, que sa vive jeunesse, comprimée, restait avide de mouvements, de plaisirs. Jean était heureux de la voir occupée de lui. Il lui semblait qu'une sollicitude vive et tendre l'enveloppait.

Le dîner fini, le colonel proposa de passer au jardin.

– L'escalier, presque démoli pendant le siège, n'a pas été bien réparé, il s'en faut, dit-il. Faites attention, capitaine, comme moi, vous manquez encore d'aplomb. Ma fille va vous aider.

Thérèse, un peu rougissante, tendit sa fine main. Il la prit avec un léger frémissement, et, pendant qu'ils descendaient les marches branlantes, il vint à Jean comme un écho d'une chanson autrefois entendue dans les bois, et il avait envie de chanter les paroles du refrain :

« Nous irons tous les deux
« Dans le chemin des cieux. »

Les boulets avaient mutilé les arbres et ravagé le sol du jardin, mais un doux parfum de violettes y flottait. Le colonel installa son hôte un peu à l'ombre, et s'asseyant près de lui :

– Dites-moi, ne vous demandez-vous jamais à quoi a servi notre victoire de Sainte-Foy ?

– Mais, colonel, à prouver que nous sommes de bonne race, répondit vivement le jeune homme.

Thérèse, debout devant eux, regardait la rade brillante. Ses cheveux blonds voltigeaient sur son front, sur ses tempes, sur sa nuque. Elle se retourna sérieuse et dit, frémissante :

— Monsieur, si vous aviez vu l'émotion à Québec quand une voile apparut à l'horizon, le 13 mai… Tout le monde était sur les Remparts. Des militaires de tous grades bordaient la cime du cap.

— Mademoiselle, l'heure décisive allait sonner… La destinée était là.

— Les Anglais tâchaient de garder leur calme, mais quand ils reconnurent le pavillon de la frégate, leur joie éclata… Ce fut une folie, des cris de triomphe sans fin… un bruit à rendre sourd à jamais… Les canonniers transportés ne firent que tirer et charger pendant des heures… et, à l'arrivée des autres frégates, ça recommença.

— Dieu merci, s'écria le colonel, je n'eus connaissance de rien. Je n'avais pas la tête à moi… Mais j'ai vu mon pauvre régiment s'embarquer pour la France. Je l'ai vu défiler, sans armes, sans tambours, sans drapeaux… et toute la ville qui regardait… J'aimerais mieux perdre les deux yeux que de revivre ce jour-là… Sans ma fille, je crois que je me serais laissé mourir.

Il se rappela qu'il fallait ménager son hôte encore si faible, et se tut brusquement.

Thérèse, restée debout, se rapprocha.

— Mademoiselle d'Autrée sait donner du courage ? demanda Jean de sa voix prenante.

— Surtout aux héros, répliqua-t-elle gaiement. Et s'asseyant en face de lui, sur un tronc d'arbre façonné en siège :

— Mettez-moi à l'épreuve, capitaine.

Un éclair traversa ses yeux sombres, presque trop beaux. Son visage décoloré s'illumina d'un sourire doux et il murmura :

– L'avenir m'apparaît noir.

– Laissez faire. Les nuages les plus noirs se dissipent… et un ciel gris est encore un ciel.

– Mais quand le ciel le plus clair ne nous dit plus rien ?

– C'est qu'on ne sait pas le regarder, répliqua-t-elle gravement.

– Peut-être ? Je ne sais plus que me laisser vivre, je redoute l'effort.

– Vous êtes encore convalescent. Vous revenez de si loin.

– Je voudrais faire durer la langueur, prolonger la convalescence. J'aime à être soigné, choyé, poursuivit-il plaintivement.

– Et vous mangez du pain de seigle, s'écria-t-elle, avec une tendre compassion.

Il eut envie de répondre :

– Le prendre de votre main me le ferait trouver bon.

Mais il se contint et la regarda en silence.

Elle rougit un peu et sentit son cœur battre plus vite. Ses beaux yeux mutins s'abaissèrent sous ses larges paupières.

Ni lui, ni elle, n'échangèrent plus une parole. Délicieux silence. Un sentiment de bonheur les pénétrait jusqu'aux moëlles profondes. La voir troublée devant lui le ravissait.

Il n'avait plus souci ni du passé, ni du poignant mystère de l'avenir. La douceur du moment lui suffisait.

Le colonel s'était endormi. Autour d'eux, dans le jardin ensoleillé, de petits chants montaient de terre avec le parfum des violettes. Dans l'air rayonnant, on entendait des bruissements, des gazouillis d'oiseaux.

Jean de Tilly aurait voulu retenir l'heure, rester à regarder cette délicieuse jeune fille dans la brume lumineuse.

IV

Après la victoire de Sainte-Foy, le général de Lévis se refusait à croire le Canada perdu. Il comptait enlever Québec aux Anglais, et, comme on sait, se prépara à l'assiéger. Il annonçait qu'il dînerait le jour de Noël à Québec, à l'ombre du drapeau français… Mais, à l'arrivée de la frégate Lowestoff et de l'escadre commandée par l'amiral Colvill, il lui avait fallu reconnaître que ce serait folie d'y songer, et, la rage au cœur, profitant d'une nuit sombre, il s'était embarqué pour Montréal avec ses faibles troupes.

Comme bien d'autres, Le Gardeur de Tilly, frère aîné de Jean, avait quitté le service pour ne pas laisser les siens mourir de faim.

Pendant que Jean luttait contre la mort, sur son lit d'hôpital, Le Gardeur avait rudement peiné pour ensemencer quelques arpents de son domaine.

En ce temps d'atroce pénurie, manger tous les jours était un sérieux problème. La situation était si grave, si difficile que, malgré la faible distance de Saint-Antoine à Québec, Le Gardeur n'avait pas revu son frère depuis qu'il l'avait laissé mourant à l'Hôpital Général.

Mais le jour même que Jean, triomphant de sa faiblesse, se rendait chez le colonel d'Autrée, Le Gardeur de Tilly, libre pour quelques heures, traversait le fleuve en canot.

À son retour à l'Hôpital, Jean l'aperçut qui venait au-devant de lui. Il se jeta à son cou avec élan. Le Gardeur l'étreignit fortement, puis, l'éloignant un peu :

– C'est bien vrai, tu vis, mon petit Jean, dit-il, le regardant de ses yeux mouillés, le palpant comme pour s'assurer qu'il était bien vivant. Que Dieu est bon de nous avoir exaucés… Il y a donc encore pour nous des moments heureux.

– Et maman ? s'écria Jean, tendant les bras comme s'il l'avait devant lui.

– Malade, et, comme vous pensez, sans cesse occupée de vous. Si je l'avais, au moins, disait-elle, si je pouvais le soigner.

– Pauvre mère ! Ce qu'elle a dû souffrir…

– L'inquiétude est cruelle à supporter. Mais vous pensez bien que nous ne lui avions pas dit toute la vérité. Elle n'a su que votre vie n'avait tenu qu'à un fil que lorsque vous avez été hors de danger.

Jean avait pris son bras et le conduisait au jardin. Tous deux étaient grands, bien découplés, mais ils ne se ressemblaient point, sauf par le port de tête, gracieux et fier.

Assis à l'écart, sur un banc rustique, ils causèrent en toute liberté. Il y avait bien des malheurs à raconter en ces jours tragiques, mais, dans les détails que Le Gardeur donna sur les événements, une chose fut douce à Jean.

Sa paroisse natale n'avait pas été incendiée, comme les autres paroisses de la rive sud. Un détachement anglais y était cantonné, et on n'avait brûlé qu'une dizaine de maisons.

Mais l'ennemi s'était retranché dans l'église et les officiers habitaient le manoir. Le Gardeur avait trouvé sa mère, sa femme et ses petits enfants réfugiés au moulin. On y était bien à l'étroit, et il avait fallu recevoir leur petite cousine, Guillemette.

– Mademoiselle de Muy est à Saint-Antoine, s'écria Jean, surpris.

– Oui, son père, qui a suivi les troupes à Montréal, n'a pas voulu la laisser seule, sans protection à Québec. Il l'a fait conduire chez nous… Et, que Dieu le bénisse !… Il a trouvé le moyen de m'envoyer un grand sac de blé… Je n'avais qu'un peu de seigle pour toute semence. Jugez de ma joie en recevant ce beau grain… Comme j'ai prié en le semant ! Il est si terrible de n'avoir pas un morceau de pain à donner à sa mère… à ses petits enfants.

– De nos jours, il y en a beaucoup qui connaissent cette souffrance.

– L'arrivée de Mademoiselle de Muy nous a été une bénédiction.

– Le blé vient bien ?

– Admirablement. Et, que de fois Guillemette m'a réconforté. Elle savait votre état désespéré, mais s'obstinait quand même à croire que vous vivriez… Maman ne sait plus se passer d'elle. Cette pauvre mère souffre parfois cruellement, mais personne ne l'a entendue se plaindre… et elle ne veut pas qu'on désespère de l'avenir de la colonie… elle se refuse à croire que le Canada va devenir anglais.

– C'est bien clair pourtant. Dites-moi, Le Gardeur, pensez-vous quelquefois aux funérailles de Monsieur de Montcalm ?

– Pouvez-vous me le demander ? Mais c'est ineffaçable… Ce maigre convoi, ces misérables funérailles, à huit heures du soir, sans cloches… sans clairons… sans tambours… que c'était lugubre !…

– Et le pauvre cercueil informe !…

– C'est l'homme de peine des religieuses Ursulines qui l'avait fait. Le désarroi était si grand qu'on n'avait pu trouver d'ouvrier.

– Mais, voir Montcalm entre ces planches mal rabotées, mal clouées… Ses yeux noirs, qui lançaient l'éclair, fermés pour jamais. Que c'était triste ! dit Jean, qui semblait y être encore.

– Oui, c'était triste… Comme on sentait que la Nouvelle-France était morte !

– Dans ma fièvre, ce souvenir me revenait. Je voyais descendre le cercueil dans la fosse… puis, je l'avais sur moi !… Ses clous me transperçaient… C'était affreux ! Mais, récemment, j'ai fait un rêve que j'aurais voulu faire durer… un si beau rêve !

Un léger sourire éclairait son visage.

– Quel rêve avez-vous fait ? interrogea Le Gardeur.

– J'étais encore dans l'église des Ursulines. J'assistais au Libera de Monsieur de Montcalm. La pluie filtrait à travers le toit, coulait sur le drapeau. J'entendais les prières, les sanglots… Quand on prit le cercueil pour le mettre en terre, je saisis le drapeau… Je voulus le rouler, mais le drapeau m'échappa des mains… s'éleva très haut… s'étendit au loin… couvrit la terre canadienne. La pluie avait cessé, le soleil brillait.

– Voilà un rêve qu'il ne faudra pas oublier de raconter à maman et à

Guillemette.

– Mademoiselle de Muy croit aussi que le Canada ne peut pas devenir anglais ?

– Je ne sais trop… Mais, je crois qu'elle plaît fort à l'un des officiers installés chez nous.

– Comment le savez-vous, Le Gardeur ?

– Comment ? cela se voit, allez. Et si Monsieur Laycraft ne cherchait pas à être agréable à notre cousine, j'aurais fait toutes mes semailles à la bêche et à la pioche… moi si neuf à cette besogne.

– Et dire que je n'aurais pu vous aider, fit Jean, tout triste.

– Heureusement, dit Le Gardeur avec un franc sourire, un matin, cette bonne petite Guillemette m'avait suivi au champ. Le râteau à la main, elle travaillait la terre de son mieux, quand un Anglais, d'apparence distinguée, passa… Ma foi, Guillemette était agréable à voir ; il s'arrêta un instant à la considérer. Puis, il vint à nous, d'un air gracieux, et me demanda, désignant Guillemette du regard :

– Madame de Tilly ?

– Non, Monsieur, répondis-je, Mademoiselle de Muy, ma petite cousine, qui veut absolument m'aider.

– Le lieutenant Laycraft, dit-il, se présentant. Il parle le français. Nous échangeâmes quelques mots, et Monsieur Laycraft voulut bien nous dire qu'il était confus d'occuper notre maison. Le même soir, il m'envoya un cheval. Je pus labourer… Plusieurs fois, il a déposé des fleurs de notre jardin à notre porte. Il me fournit de poudre et de plomb. Mais, le savez-vous, mon frère ?... À Saint-Antoine, tous les hommes ont prêté le serment de neutralité.

– En attendant le serment d'allégeance ?

– Hélas ! c'est sûr. Ah ! Jean, savoir les Anglais maîtres dans notre église... entendre sonner la diane au lieu de l'Angélus, que c'est amer !

– À Québec, aussi, on se réveille au son des tambours et du clairon. Toute lumière doit être éteinte à dix heures du soir. Personne ne peut sortir dans la rue sans un fanal, et jamais après dix heures.

– On dit que tous les Canadiens un peu considérables vont s'en aller en France... Mais le soleil va se coucher, il faut que je parte, s'écria Le Gardeur, remarquant que les fenêtres de l'Hôpital commençaient à s'embraser.

Il se leva, Jean aussi. Le Gardeur mit ses mains sur ses épaules et lui dit avec une émotion contenue :

– Je suis content de vous avoir vu, mon frère. Jamais, je n'aurais cru vous trouver si bien. Vous n'avez pas l'air abattu... Vous ne me semblez pas malheureux.

– La vie est si belle, murmura Jean, qui songeait à Thérèse, émue devant lui.

– Maman va être si heureuse de ce que je vais lui dire de vous. Depuis qu'elle sait que vous avez été longtemps sur le bord de la tombe, elle n'arrive pas à se rassurer. Elle craint toujours que vous ne vous remettiez pas.

– Dites-lui que, lorsque j'aurai le bonheur de l'embrasser, je lui prouverai que j'ai de la vie... de la force.

Il prit quelques roses à un rosier voisin, et, les tendant à son frère :

– Pour elle, dit-il.

– Et Guillemette ?... fit Le Gardeur, avec une lueur amusée dans les yeux. En passant, je crois avoir vu là-bas un carré de violettes.

Il y en avait, et de très belles ; Jean le savait bien. Mais le souvenir de Mademoiselle d'Autrée se mêlait pour lui avec le parfum des violettes. Au lieu de cueillir les douces fleurs, il s'en alla au bout du jardin chercher des œillets, et les remit à son frère.

– Que lui dirai-je ? demanda Le Gardeur.

– Dites à Mademoiselle de Muy que je la remercie de n'avoir pas voulu croire que je mourrais... Dites-lui que, malgré tout, je trouve doux de vivre.

Il souriait, il avait une flamme dans les yeux.

Le Gardeur partit, le cœur allégé :

– Il n'est pas triste, songeait-il étonné, en marchant à grands pas. Quand on a langui au bord de la fosse, il y a bien du charme dans le seul fait d'exister.

Ce soir-là, quand l'infirmier l'eut quitté, Jean de Tilly se leva. Il ne sentait pas sa fatigue.

Jamais, il n'avait eu moins envie de dormir. Une ardente saveur de vie le grisait presque. Quelque chose d'infini, d'enchanté, l'enlevait à sa faiblesse, aux lourdes réalités.

Il ouvrit sa fenêtre. Il voulait voir la beauté du ciel, qu'en ce moment, peut-être, Mademoiselle d'Autrée regardait aussi. À quoi songeait-elle ?

Il lui semblait sentir la douceur des doigts qui avaient tenu les siens, et à travers les bruissements du feuillage, il entendait encore chanter :

« Nous irons tous les deux
« Dans le chemin des cieux. »

Sur Québec délabré, un croissant de lune brillait ; les étoiles innombrables s'allumèrent dans l'azur ; le grand air pur des espaces sans bornes fraîchit.

Et, appuyé sur le bord de la croisée, Jean de Tilly s'abandonna à la douceur du rêve. Il revécut les heures passées avec elle. Le souvenir lui en était inexprimablement doux.

Le lugubre avenir s'irradiait. Sur les ruines de sa vie à peine commencée un astre s'était levé.

V

À Québec, presque toutes les familles importantes voulaient quitter le Canada. Y vivre leur semblait désormais impossible. Les Anglais qui redoutaient leur influence voyaient avec joie ces découragements, et offraient de transporter tous ceux qui se décideraient à partir.

Le colonel d'Autrée n'était au Canada que depuis quatre ans. Il n'y avait aucun intérêt, aucune attache, et désirait passionnément s'en retourner.

Maintenant que les Anglais y régnaient, Québec lui était odieux. Il se jugeait assez rétabli pour affronter la mer ; mais sa femme, si faible, pourrait-elle supporter la traversée ?

C'était pour lui un angoissant problème. Là-dessus, il ne cessait d'interroger sa fille.

Une amère tristesse l'aigrissait. Il enviait et fuyait ceux qui se préparaient au départ.

Madame d'Autrée lisait sans peine dans son âme, et, courageusement, assurait qu'elle était en état de passer en France ; mais elle n'arrivait pas à l'en persuader, et s'efforçait de gagner le docteur Fauvel.

– Croyez-moi donc, lui dit-elle, un jour qu'il l'avait trouvée seule, je puis supporter le voyage, et il faut que vous le disiez au colonel, qui désire tant s'en aller… Ne me refusez pas, je vous en prie, dites-lui cela, de façon à le rassurer tout à fait.

– Pour le faire, Madame, répondit le docteur, il me faudrait être bien sûr de deux choses : d'abord, que la traversée ne sera pas longue ; puis, que la mer vous bercera doucement… tout le temps.

Elle eut un geste expressif au souvenir des vagues, et lui, accentuant le geste, continua :

– Secouée de la sorte, que deviendriez-vous, madame ?… Donc, c'est bien compris : pas de tempêtes… pas de vents contraires… rien que du bon vent, et pas trop fort ; voilà la certitude qu'il me faudrait pour vous permettre de vous embarquer.

– Voyons, je vous promets de ne pas mourir, dit-elle, avec un faible sourire. Et quand je mourrais sur le vaisseau ? Avoir sa tombe dans l'océan, c'est beau ! c'est grand ! La chose triste, croyez-moi, c'est de faire souffrir les siens, ceux qu'on devrait rendre heureux. Le colonel ne peut plus vivre au Canada. Tout l'exaspère.

– Je m'en suis bien aperçu. Mais, il tient à la vie, et n'est pas remis complètement, il s'en faut. S'il lui fallait être longtemps ballotté sur mer, comme il arrive souvent, je ne répondrais de rien.

– Mais, s'il lui faut passer l'hiver ici, que va-t-il devenir ? que vont devenir mes pauvres enfants ?

– Madame, ne vous mettez pas en peine de Mademoiselle d'Autrée. Regardez-la plutôt… regardez-la bien, répondit gaiement le docteur. Jamais je ne l'ai vue si rayonnante, si en beauté.

– Elle est courageuse, dit la mère, non sans fierté.

Un sourire effleura la bouche sérieuse du docteur.

– Est-ce toujours le courage qui donne aux jeunes filles plus d'éclat, plus de charmes, fit-il ?… Ce que je sais bien, c'est qu'il vous faut de l'énergie pour vous remettre. Nous allons, grâce à Dieu, pouvoir mieux vous alimenter. Obéissez-moi exactement, et, l'an prochain, vous serez tous en état de partir sans risquer votre vie.

– L'an prochain !… murmura-t-elle, avec accablement.

– Ça vous semble bien loin ? Soyez tranquille : le temps a l'aile légère. Puis, vous n'ignorez pas que le général Murray est bienveillant. Vous n'avez à craindre ni exactions ni ennuis, dit-il, se levant.

– Mais, c'est si dur, pour le colonel, de vivre sous le drapeau anglais !

– En France, rien ne vous manquerait.

– Et la vie leur serait si bonne, si agréable, répliqua Madame d'Autrée, qui songeait aux siens… Que l'hiver va leur sembler long… qu'il va leur être rude !...

— Madame, il faut si peu de chose pour faire accepter chaque jour. Quand le froid viendra, vous aurez les beaux feux du foyer, la douce chaleur. Puis, il vous restera bien quelques amis qui viendront causer.

Madame d'Autrée, étendue sur sa chaise longue, se répétait qu'il lui fallait trouver du courage, quand sa fille entra, radieuse, un léger panier entre les mains.

— Devinez ce que j'ai là, dit-elle, se penchant sur sa mère.

Madame d'Autrée écarta les larges feuilles qui couvraient le panier.

— Des bluets déjà ! fit-elle, et si beaux.

— Oui, des bluets – petits fruits très bons, dit Champlain, dans ses voyages. – C'est Monsieur de Tilly qui me l'a appris. C'est lui qui a cueilli ces beaux bluets.

Madame d'Autrée en prit avec plaisir.

— Monsieur de Tilly n'aurait pas dû se donner cette peine, dit-elle, se recouchant sur ses coussins. J'espère qu'il ne s'est pas fatigué. J'espère qu'il ne souffre plus de ses blessures.

— Si vous le voyiez ; il marche d'un pas ferme... il a l'air bien moins faible.

— Ah ! lui se remettra sûrement. Il est si jeune... Mais moi... Ma pauvre enfant, autant vous le dire tout de suite. Le docteur, qui sort d'ici, ne m'a pas laissé d'illusions... Nous ne pouvons songer à partir... aucun espoir de revoir Paris cette année. Il nous faut passer ici l'hiver.

— Tant d'autres, chère mère, y seront plus mal que nous. Notre maison n'a guère été endommagée par les boulets… et les Anglais nous la laissent.

— C'est vrai ; mais, après ce régime de famine, vous auriez tous si grand besoin de vous refaire.

— Me refaire, répéta Thérèse, avec un frais éclat de rire. Jamais, je n'ai été si bien. Je pourrais vivre sans manger, sans dormir.

— Vous voulez adoucir mes inquiétudes, mais, après l'horrible vie que nous avons eue, il vous faudrait une vie normale… du mouvement… des distractions.

Mademoiselle d'Autrée ferma ses beaux yeux mutins et sourit comme à une vision intérieure.

— Vous ne l'ignorez pas, poursuivit sa mère, à Québec, tout le monde s'en va. Nos amis, nos connaissances se préparent au départ. Sans moi, vous partiriez aussi ; vous reverriez la France. Si vous saviez comme cette pensée m'afflige… Ici, nous allons être entourés d'Anglais… Nous allons tous mourir de chagrin et d'ennui.

— Pas moi, dit tranquillement Thérèse.

— Croyez-moi, l'hiver vous sera dur. La jeunesse a besoin de mouvement, de plaisirs… Maintenant, vous avez le soleil brillant, la beauté des bois, le chant des oiseaux, le grand air si bon ; mais quand le froid sévira, qu'il faudra se renfermer, que le givre couvrira les vitres, la dépression viendra… vous vous trouverez bien à plaindre, ma pauvre enfant.

— Et la belle neige toute blanche ?… les arbres poudrés, les arbres reluisants ?… le grand ciel plein d'étoiles ?… tout est bon… tout est beau, dit Thérèse, avec un geste charmant. Je n'appréhende rien.

— Tant mieux, chère petite, vous aurez tant à supporter… Quand la dernière voile aura disparu à l'horizon, je vois le visage de votre père. Moi aussi, j'exercerai bien votre patience. La maison va être aussi triste qu'un sépulcre.

— Mère, protesta Mademoiselle d'Autrée, en lui baisant la main, vous ne devriez pas vous tourmenter ainsi à mon sujet. Jamais, je n'ai été si heureuse. Malgré les décombres, malgré le drapeau anglais qui flotte là, jamais Québec ne m'a paru si beau.

Dans son accent, dans son expression, dans tout son être, il y avait une sincérité ardente.

Madame d'Autrée en fut étonnée. Elle savait que sa fille s'était terriblement ennuyée au Canada, qu'elle avait toujours vivement désiré retourner en France. D'où pouvait venir un tel changement ?... Qu'y avait-il au fond ?... Était-ce une simple détente, un caprice passager de la jeunesse longtemps comprimée ?

Elle pensa à ce que lui avait dit le docteur Fauvel et reprit :

— Le docteur est émerveillé de votre épanouissement ; il trouve votre mine brillante. Où donc avez-vous pris ce rayonnement, cet éclat qu'il admire ?

— Ai-je tout cela ? répondit Mademoiselle d'Autrée, avec une jolie moue d'enfant. Vous le savez, il y a des plantes qui croissent et fleurissent très bien à travers les ronces et la pierraille.

Madame d'Autrée n'ajouta rien et resta songeuse. Appuyée sur ses coussins, les yeux demi-clos, elle regarda sa fille, et aurait voulu lire dans son cœur. Elle y sentait une joie secrète qui l'absorbait, qui l'enchantait, une joie neuve, lumineuse, qui pouvait défier l'automne désolé, le long hiver lugubre.

– Thérèse, interrogea-t-elle, n'avez-vous rien d'autre à me dire ?

Un sourire effleura les lèvres pures de la jeune fille.

– Non, maman, rien d'autre, mais ne me plaignez pas trop. Je ne désire plus partir maintenant. Gardez-moi le secret… J'aime mieux passer l'hiver à Québec qu'à Paris.

Madame d'Autrée n'en doutait plus. Elle avait compris.

– Comme il faut que je sois malade, pour n'avoir pas deviné, se dit-elle, avec mélancolie. Elle se sent aimée et tout s'irradie, tout chante : elle aime mieux vivre à Québec qu'à Paris. Ah ! la jeunesse, l'immortelle poésie du cœur !

VI

La reddition de Québec signée, le gouverneur, Monsieur le Marquis de Vaudreuil, s'était retiré en grande hâte à Montréal. Quand, après la victoire de Sainte-Foy, l'arrivée de l'escadre anglaise eut assuré la possession du Canada à l'Angleterre, trente-cinq vaisseaux de l'amiral Colvill, portant 20,000 soldats et une forte artillerie, avaient lentement remonté le fleuve pour s'emparer de la ville, où Monsieur de Vaudreuil avait établi son quartier général.

Montréal n'avait d'autres fortifications qu'une mauvaise enceinte de bois ; l'artillerie était réduite à quelques canons et l'effectif à deux mille hommes.

Monsieur de Vaudreuil comprit que la résistance serait une folie ; il ne voulut pas ajouter aux souffrances d'une population aux abois, et après avoir pris l'avis de son conseil, il offrit de rendre la place.

La capitulation fut signée le 8 septembre.

À Québec, le docteur Fauvel venait de l'apprendre au capitaine de Tilly, et, assis sur un banc de l'avenue de l'Hôpital, ils s'entretenaient de la nouvelle.

– C'était inévitable, c'était fatal, disait Jean. Un traité va bientôt fixer le sort du Canada. Une signature officielle sur le parchemin, et l'abandon déjà consommé sera définitif… Morte à jamais la Nouvelle-France !… La Nouvelle-France, ce mot me laisse aux lèvres comme un goût de cendre.

– Il y en a qui blâment le gouverneur d'avoir capitulé.

– La résistance n'aurait servi qu'à exaspérer les Anglais… qu'à allonger la liste des morts et des blessés… L'issue aurait été la même.

– Il paraît que Monsieur de Lévis a brisé son épée… il n'a point voulu livrer les drapeaux à l'ennemi, poursuivit le docteur.

– On a refusé les honneurs de la guerre ? s'écria Jean de Tilly, bondissant d'indignation.

– Oui, et pour ne pas livrer les drapeaux, Monsieur de Lévis les a fait brûler à l'île Sainte-Hélène.

Le pâle visage de Monsieur de Tilly reflétait une forte émotion, mais il ne dit rien ; et, s'appuyant le front sous la main, il resta songeur. Son admiration pour Lévis était enthousiaste, passionnée, et il souffrait pour lui.

Il se le représentait, donnant l'ordre douloureux. Sur l'île jolie, il voyait la flamme briller, la soie des drapeaux se consumer. La grêle fumée montait devant le vainqueur de Sainte-Foy… Et lui, le blessé convalescent, pensait au passé d'honneur et de misère… et à ce soufflet que la vie applique parfois au visage des plus fiers, des plus vaillants. Une inquiétude triste lui venait de l'immense inconnu qui s'ouvrait devant lui, mais en son cœur, comme un trésor caché, il avait maintenant une saveur de vie, un sentiment de bonheur confus.

Le docteur, qui l'observait, lui dit tout à coup :

– Le colonel d'Autrée est furieux… Il aurait voulu la lutte jusqu'au bout.

– Il est Français… Monsieur de Vaudreuil est Canadien… il n'a pas eu le cœur d'ajouter inutilement aux maux du pays, répondit Jean de Tilly.

Intérieurement, il songeait à Thérèse, et son souvenir projetait sur toutes les tristesses un divin rayonnement.

Le docteur, qui lisait dans son âme, sourit :

– Vous ne me demandez pas, dit-il, avec une douce malice, ce que Mademoiselle d'Autrée pense de la capitulation de Montréal. L'opinion d'une jeune fille sur les choses de la guerre est bien indifférente à un soldat.

Jean de Tilly se sentit rougir.

– Je vous en prie, dit-il impétueusement, ne raillez pas. Je sais que c'est une folie, mais je n'y puis rien… Je l'aime… Vous le savez bien. Pour tous les trésors de la terre, je ne renoncerais pas au bonheur de l'aimer.

– Et pourquoi ne l'aimeriez-vous pas ? demanda le docteur.

– Pourquoi ? mais elle est Française ; elle va partir… elle est riche ; et moi, dans la dernière détresse… trop pauvre pour donner à ma mère un morceau de pain… Quel avenir ai-je devant moi ?… Que puis-je espérer ?…

– Ce n'est pas pour rien que vous êtes revenu de si loin. Savez-vous ce que l'avenir vous réserve ?

– Ce que l'avenir me réserve !... La lutte contre la noire misère, le travail dur, opiniâtre pour le pain quotidien... Aimer Mademoiselle d'Autrée, c'est insensé... Je le comprends. Je sais que je souffrirai cruellement. Mais quand j'en devrais mourir, je veux l'aimer.

Le docteur Fauvel s'intéressait vivement à Jean de Tilly. Jamais, il ne s'était tant attaché à l'un de ses malades. Il aurait bien voulu lui dire qu'il était aimé... qu'il en était sûr. Mais, parler de ce qu'il avait remarqué chez Mademoiselle d'Autrée lui répugnait, et il dit simplement :

– La famille a pour vous beaucoup d'estime, de sympathie.

– Oui, le colonel me témoigne un grand intérêt... les dames aussi... comme à bien d'autres Canadiens... Nous sommes des naufragés qui s'en vont à la dérive sur un vaisseau délabré qui doit périr.

– Mais vous, mon cher enfant, vous pourriez passer en France. Rien ne vous retient au Canada. Qu'y ferez-vous ?

– J'y souffrirai, répondit Jean, le regardant de ses yeux profonds.

– Si elle vous entendait, Mademoiselle d'Autrée aurait du chagrin. La chère enfant est si compatissante... Vos blessures l'inquiètent encore – je le sais bien – moi, qu'elle interroge souvent.

– Mon Dieu ! s'écria Jean, avec une soudaine explosion de douleur, que deviendrai-je quand elle sera partie... quand je ne la verrai plus... quand la mer sera entre nous ?

– En attendant, dit le docteur, allez la voir le plus souvent que vous pourrez. Parce que vous traversez des jours de douleur, est-ce une raison pour fermer les yeux à ce qui plaît, à ce qui enchante ?

– Mais, que pensera le colonel de mes assiduités ?

– Vous n'ignorez pas que le colonel donnerait tout pour s'en aller. Vivre ici, parmi les Anglais, lui est une dure épreuve. Il a besoin d'être distrait. L'hiver va lui sembler si long.

– Aux autres aussi ? dit Jean, l'interrogeant du regard.

Un sourire éclaira la figure fatiguée du docteur.

– Ma foi ! dit-il, Mademoiselle d'Autrée ne paraît pas attristée de cette perspective… Elle, qui s'est tant ennuyée à Québec, ne paraît pas désirer maintenant d'en partir.

– C'est par délicatesse… pour adoucir à sa mère le regret d'être la cause du retard.

– Sait-on jamais ce qu'il y a au fond du cœur des jeunes filles ?… Ce qui est sûr, c'est que la belle Thérèse ne s'ennuie plus à Québec… Je vous laisse cette énigme à résoudre, dit le docteur, se levant pour partir.

Jean, frémissant, lui saisit les mains. Une joie trop vive le parcourait tout entier… le faisait presque défaillir.

– Pourquoi me dire cela ? balbutia-t-il… Non, ce n'est pas possible… vous ne le croyez pas.

– Ta, ta, ta, fit le docteur avec gaieté, qu'est-ce qui vous prend ? qu'ai-je dit ?… que les jeunes filles ont une façon particulière d'apprécier les choses… Pourquoi tant vous émouvoir ?… Qu'avez-vous à me reprocher ?

La flamme de joie qui brûlait dans les yeux sombres l'émut malgré lui.

– Croyez-moi, poursuivit-il, vous n'êtes pas à plaindre. Si je n'avais pas honte… vrai, je vous envierais… Vous êtes beau, vous avez vingt-deux ans, et… vous êtes amoureux…

– Je l'aime… oui, je l'aime, murmura Jean, avec une ferveur passionnée… Je vous le dis encore : Pour tous les trésors de la terre, je ne renoncerais pas au bonheur de l'aimer.

– Et vous auriez raison, mon cher enfant. Partout où il y a de l'amour, c'est le paradis.

– Ai-je eu tort ?… est-ce que je deviendrais sentimental ? se demanda l'excellent homme, en s'éloignant. Quel dommage que la jeunesse et l'amour ne durent pas… Maintenant, rien ne lui semble lourd. Il a l'espoir d'être aimé… Tout chante en lui… rien ne l'inquiète… La vie est douce, la jeunesse éternelle.

Et le docteur détacha son cheval en fredonnant :

« Ah ! si l'amour prenait racine,
« J'en planterais dans mon jardin. »

VII

Le docteur avait laissé le capitaine de Tilly délicieusement troublé.

– Mon Dieu ! est-ce vrai ?… m'aime-t-elle, se demandait-il, tremblant et ravi.

Il se croyait sûr de lire dans les yeux candides de Thérèse, et pour la voir sans tarder, il aurait donné de sa vie. Les heures s'écoulèrent ; le lendemain arriva. Mais un grand vent du nord et une pluie battante retinrent Jean à l'Hôpital.

Depuis que le docteur lui avait fait entendre qu'il était aimé, il avait comme une ivresse d'exister.

Étendu sur son lit, la porte de sa chambre bien close, il charmait les lentes heures de l'attente en revivant les moments passés près de Thérèse.

La tendre douceur de sa voix lui restait dans le cœur. Il revoyait la fugitive rougeur à sa joue pâle, l'expression de ses yeux gris nuancés de ciel et d'eau, le trouble charmant qu'elle ne savait pas dissimuler.

Tout s'évanouissait devant le divin rayonnement de l'amour. Mais, le lendemain, une honte le saisit, quand l'infirmier, en lavant ses blessures, lui dit avec un grand soupir :

– Un an déjà, Monsieur de Tilly, que les Anglais règnent à Québec.

C'était vrai… l'anniversaire de la bataille des Plaines avait passé sans que Jean de Tilly y songeât.

Il en ressentit une vive confusion, mais ce sentiment se dissipa, quand l'infirmier, qui avait affaire en ville, lui proposa de l'emmener.

– Le ciel est encore brouillé, lui dit-il, mais le temps est beau ; il fait chaud, une petite promenade vous fera du bien.

Comme à l'ordinaire, le colonel d'Autrée fumait dans son jardin. L'air sombre, il vint à Jean, passa son bras sous le sien et fit quelques tours dans les allées sans desserrer les dents.

– Vous m'excuserez, n'est-ce pas, dit-il, je suis content de vous voir.

Mais la tristesse me tient à la gorge. Je ne puis plus causer. Entrons... L'avez-vous su ? Il y a demain, aux Ursulines, un service pour Monsieur de Montcalm et nos morts de la bataille des plaines.

Et, ouvrant la porte d'un petit salon :

– Vous allez trouver les dames occupées à préparer des couronnes funéraires.

Madame d'Autrée était seule avec sa fille. Monsieur de Tilly entra très ému. Ses lèvres étaient si pâles que Madame d'Autrée crut qu'il allait défaillir.

Un peu alarmée, elle l'installa dans un fauteuil en disant :

– C'est la fatigue. Un si long trajet ; c'est trop pour vos forces.

– Je suis venu en voiture, répondit Jean, ranimé par l'angoisse qu'il lisait dans les yeux de Thérèse.

Le sang revint à ses lèvres. Une joie infinie le pénétrait et il ne tarda pas à se remettre.

Rassurée, Madame d'Autrée, lui dit :

– Vous nous permettrez, n'est-ce pas, de reprendre notre travail ?

Elle s'assit à une table encombrée d'immortelles et de courants de mousse. Thérèse apporta quelques tiges souples, un panier de feuilles de chêne, de feuilles d'érable qu'elle vida sur le tapis, et se mit à l'ouvrage.

Tout en échangeant quelques mots avec Madame d'Autrée, Jean suivait les mouvements de la jeune fille.

Il aurait voulu rencontrer son regard, mais les paupières aux épais cils d'or restaient baissées.

– Ne sauriez-vous m'utiliser, Mademoiselle ? demanda-t-il, se rapprochant. À défaut d'adresse, j'ai de la bonne volonté.

Elle leva ses prunelles brillantes et répandit sur lui un long regard candide :

– Choisissez les plus belles feuilles d'érable et de chêne, répondit-elle, se remettant à sa tâche.

Il s'assit à la table, en face d'elle, et plongea ses longues mains pâles dans l'amas de feuilles.

– Elles sont toutes belles. Savez-vous que le choix est difficile à faire, dit-il, lui en présentant sur un léger signe.

Il admirait l'adresse de ses doigts légers, le goût avec lequel elle disposait les immortelles, les feuilles déjà nuancées par l'automne.

Madame d'Autrée les quitta pour recevoir une visite. C'était la première fois que Jean et Thérèse se trouvaient seuls, ensemble. Ils se regardèrent, émus, ravis. Tous deux sentirent qu'ils s'aimaient. Sans se l'être jamais dit, ils en avaient la certitude délicieuse et profonde.

C'est le miracle de l'amour de n'avoir pas besoin de mots pour se comprendre. Pas une parole ne vint aux lèvres de Jean de Tilly, mais ses yeux se remplirent de larmes.

Pour ces cœurs jeunes, avides d'adorer, rien n'aurait valu la douceur divine de ce silence.

Madame d'Autrée revint un peu agitée par les adieux reçus. Elle parla de leurs voisins qui se préparaient à partir.

– On nous plaint fort d'hiverner ici, dit-elle, à sa fille. Sans moi, vous partiriez aussi, ou plutôt, vous seriez partis.

– Et nous aurions le mal de mer, dit Thérèse.

Elle souleva la guirlande d'immortelles et de feuillage qu'elle venait de finir :

– Mère, ce sera pour la tombe de Monsieur de Montcalm. Je voudrais y mettre un petit drapeau.

Madame d'Autrée approuva.

– Monsieur de Tilly, demanda Thérèse, voulez-vous m'en faire un ?

– Oui, Mademoiselle, dit Jean laconiquement.

Elle se leva, ouvrit une armoire, y prit un morceau de soie blanche et le remit à Jean, avec ses ciseaux.

Il étendit la soie sur la table, et pendant qu'il la taillait, le souvenir de son rêve lui revint. Il aurait aimé le raconter à Thérèse, lui dire qu'il avait vu le drapeau français s'élever, s'étendre au-dessus de la terre canadienne.

Le drapeau fut vite fait, et une menue branche servit de hampe.

– Fixez-le maintenant, dit Thérèse.

Il le fixa, et, présentant la couronne à Mademoiselle d'Autrée, dit de sa voix pénétrante :

Je voudrais pouvoir y mettre les paroles de Monsieur de Montcalm quand le docteur Arnoux lui avoua que ses blessures étaient mortelles… qu'il ne passerait pas la nuit : « Tant mieux, je ne verrai pas les Anglais dans Québec. »

– Pauvre général, fit Thérèse émue.

Monsieur de Tilly appuya son front entre ses mains et resta silencieux.

– Vous ne songez pas à venir au service ? demanda Thérèse.

– Mais si, Mademoiselle, répondit-il, relevant la tête.

– Vous êtes encore trop faible pour affronter ces émotions. Cela vous ferait du mal. Si je vous priais de ne pas y aller, me refuseriez-vous ? demanda-t-elle, d'une voix émue.

– Vous refuser serait au-dessus de mes forces, murmura-t-il. Me le demandez-vous ?

– Je vous le demande, fit-elle, souriante.

– Alors, je n'irai pas au service.

– Merci, dit-elle, bien bas.

Il la couvrit d'un long regard heureux. Il avait foi dans l'avenir, dans le bonheur… une foi si forte, si fraîche, que rien ne lui semblait pouvoir jamais la faner ; une joie divine qui l'emportait au-dessus de lui-même et des sinistres réalités.

VIII

Le chevalier de Lévis voulait voir Québec une fois encore, et la flûte « La Marie », qui le transportait en France, dans la nuit du 16 septembre, jeta l'ancre au quai du roi.

Réveillé par le grincement des chaînes, Lévis s'enveloppa de son manteau, et monta lestement sur le pont. Il lui tardait d'apercevoir Québec, dont la beauté lui avait pris le cœur, qu'il aurait voulu brûler plutôt que de le livrer aux Anglais.

La nuit sombre ne laissait rien distinguer, mais l'air pur, léger, se respirait avec délices, et, au lieu de regagner l'étroite cabine où l'on étouffait, Lévis s'étendit sur un amas de cordages que son pied avait heurté.

Les vagues clapotaient autour du vaisseau ; d'épais nuages voilaient souvent les pâles étoiles, clairsemées, et Lévis sentit une âpre tristesse qui l'enveloppait, le pénétrait, lui glaçait l'âme.

Il ferma les yeux, il aurait voulu dormir encore, mais les souvenirs de la lutte qui venait de finir étaient sortis de l'ombre et, avec le relief de la vie, défilaient devant lui.

Comme ces pauvres colons avaient été héroïques ! comme tout ce peuple enfant avait été grand !

– Et ce noble peuple… ce beau pays que l'Angleterre convoitait depuis si longtemps, la France l'abandonne ! s'écriait-il en lui-même.

Son cœur s'attendrissait. Dans l'étendue sans bornes, la Nouvelle-France lui apparaissait touchante comme une belle vierge qui vient de mourir.

C'était un pays plus grand que l'Europe, qu'il avait voulu conserver à la France. Maintenant, ç'en était fait !…

Il songeait à ce que les Canadiens avaient souffert… à tout ce qu'ils avaient eu à supporter.

Il se rappelait les cruels abus du pouvoir, les criminelles concussions, les triomphants scandales officiels, toutes ces fêtes brillantes qui insultaient à la détresse universelle. Et la honte le poignait, la rougeur lui montait au front, à la pensée qu'il avait pris part à ces fêtes odieuses, emporté par sa passion. Il revoyait la belle Marguerite si brillante, si charmante dans sa parure de bal… Comme elle l'avait séduit, entraîné, lui, le fier, le brave, doué de ce magnétisme qui donne l'ardeur, l'élan aux soldats. Comme il avait été faible devant elle.

Un dégoût, une rancœur, lui venait… Mais, pourrait-il jamais rompre cet engagement funeste ?

– Ah ! murmurait-il, si j'avais su prier… si j'avais de la vigueur chrétienne !…

Dans l'après-midi, Monsieur de Lévis, accompagné du colonel d'Autrée et du major de Muy, arrivait à l'Hôpital-Général voir les blessés qui s'y trouvaient encore. Ils furent vite rassemblés ; ils n'avaient pas espéré cette preuve d'intérêt, et, émus, reconnaissants, ils entourèrent le général qui avait encore tant de prestige :

– Mes amis, dit-il, je m'en vais, l'âme en deuil. Qu'il m'est dur de vous abandonner à l'Angleterre. C'est plus qu'un royaume que la France a perdu. Mais, grâce à vous, la dernière bataille a été une victoire, une merveilleuse victoire. Comme le dit Monsieur de Vaudreuil, nous avons fait plus que l'homme ne peut faire. Je ne pouvais passer sans vous voir, sans vous dire adieu. Vous avez fait la guerre avec peu d'espoir, avec, peut-être, bien de l'amertume au cœur. Mes braves, pardonnez à la France ; quoi qu'il arrive, aimez-la toujours : elle est votre mère.

Il voulut donner la main à chacun, et, retenant le capitaine de Tilly :

– J'aurais bien voulu reconnaître vos services ; venez avec nous ; avant de m'embarquer, je veux revoir le champ de bataille de Sainte-Foy.

Un beau soleil l'éclairait ; l'herbe épaisse et haute, par places, ondulait au vent. Çà et là, des boulets, des débris d'armes, des vêtements affleuraient le sol, et sur la butte, autour des ruines du moulin « Dumont », où la lutte avait été si terrible, les marguerites, les liserons, les boutons d'or étaient en fleurs.

Le général sentit tout son être vibrer. D'invisibles présences lui semblaient l'environner. Immobile, muet, il revivait les heures immortelles du 28 avril. Il revoyait les régiments en loques, les miliciens étrangement accoutrés, avec leurs fusils de chasse et leurs couteaux… toute cette héroïque armée de miséreux qui avaient su vaincre la triomphante armée anglaise, si brillante, si parfaitement équipée.

– Ah ! Messieurs, dit-il, rompant un silence que ses compagnons avaient respecté, que c'était beau de voir les jeunes s'élancer !

Et, appuyant sa main nerveuse sur l'épaule de Jean :

– Vous souvenez-vous de cette charge ? demanda-t-il, avec un accent qui fit battre plus vite le cœur du jeune homme. Comment vous dire mon enthousiasme, mon ivresse, après cette victoire que je n'osais espérer ? Je n'en pouvais croire mes yeux… Alors, si un secours était arrivé, la Nouvelle-France vivrait encore… Le poids de cette morte pèse sur moi.

– Général, dit le major de Muy, vous avez écrit dans notre histoire une page de gloire qui ne s'effacera jamais.

– Major, tout s'efface… Dans ces régions immenses, que va devenir ce petit peuple qui n'a encore qu'une frêle vie d'enfant ?

Personne ne parla et Lévis reprit :

– Je voudrais espérer ; vos commencements sont si beaux ! Dans les annales des colonies, rien ne peut s'y comparer…

– Général, dit Jean de Tilly, un peuple né ainsi ne saurait mourir.

– Dieu vous entende, dit Lévis, ému. C'est ici que votre sang a coulé.

– Et je donnerais bien ce qu'il m'en reste

– Non, il faut vivre… ne jamais désespérer… Sur votre pays si beau, le souffle de la France a passé.

Il y eut un silence profond… et Lévis reprit comme se parlant à lui-même :

– Rien n'arrive par hasard. La fortune n'est qu'un mot. Les vues de la Providence nous sont inconnues. Pourquoi le « Chameau », qui apportait à la colonie un secours si considérable, a-t-il péri corps et biens ?

Pourquoi ? répéta le major, avec un geste expressif.

– Ne nous fatiguons pas à chercher les pourquoi… c'est épaissir le voile de l'avenir, dit Jean vivement.

Le voile ! s'écria le colonel, pour moi, il n'y a pas de voile. L'avenir du Canada est très clair…

– Qui sait ? répliqua Lévis. Les bornes du possible, qui les a vues ? L'homme peut planter un gland, mais le chêne croît sans que le pouvoir humain s'en mêle.

– Général, demanda le colonel d'Autrée, vous souvenez-vous de notre arrivée sur la frégate « La Sauvage » ?

Si je m'en souviens… C'était le 31 mai 1756. Le printemps avait été hâtif. Dans la forêt, tout verdissait, tout chantait… et j'apportais bien des illusions, dit-il, amèrement… Messieurs, l'homme n'a que des rêves.

Le front sombre comme la nuit, il avança jusqu'à la déclivité du terrain.

La journée avait été chaude, et, dans le lointain immense, féerique, le ciel s'embrasait. Des nuages de feu et d'opale flottaient à la cime des Laurentides, dont la base avait pris une couleur violette purpurine. Dans la vallée profonde, la rivière Saint-Charles coulait brillante entre les bois centenaires où l'or et la pourpre apparaissaient déjà.

– Mon Dieu ! que c'est beau ! murmura Lévis.

Avec une attention intense, – comme pour en emporter l'image ineffaçable en son âme – il regarda ce Québec aimé, dont bientôt il serait si loin, que jamais plus il ne reverrait.

À cette belle heure enflammée du soir, la ville de Champlain avait vraiment une beauté de rêve, et ses yeux se remplirent de larmes.

– Général, fit remarquer le colonel d'Autrée, nos ombres s'allongent.

– C'est dire qu'il est temps de descendre, répondit Lévis, s'arrachant à sa contemplation.

Une brume d'or couvrait le champ de bataille. Il le parcourut longuement du regard, et un écho des clairons de la victoire lui revint.

– Le beau jour sans lendemain, pensa-t-il.

Il tendit la main vers la terre comme pour un adieu à ceux qui y gisaient, et dit noblement :

– Héros obscurs, vous n'êtes pas morts en vain !

IX

Le vent était favorable, la marée haute. Au quai du roi, « La Marie » attendait Monsieur de Lévis pour lever l'ancre, et continuer le si long, le si périlleux voyage.

Le départ s'effectua dans un morne silence. Il sembla à Jean de Tilly qu'on lui retournait le cœur... C'était la France qui s'éloignait... c'était l'abandon définitif, sans retour.

Et « La Marie » était si petite, si fragile pour affronter les tempêtes, la furie des vagues. Il craignait que le prestigieux général ne foulât plus jamais la terre : il le voyait disparaître dans les abîmes de l'océan.

La rade libre et vaste resplendissait aux derniers feux du soir. Debout, à la poupe de l'humble vaisseau, Monsieur de Lévis salua de la main, tant qu'on put l'apercevoir, superbe dans son uniforme blanc, ses blonds cheveux, sans poudre, au vent.

– Faites durer notre souvenir, avait dit Lévis au capitaine de Tilly dans sa chaleureuse étreinte d'adieu.

L'accent, les paroles l'avaient électrisé. Son visage, encore si pâle, s'était couvert de larmes – larmes de la fidélité, larmes de la loyauté, de l'honneur.

L'impression ne fut pas fugitive. La supplication du vainqueur de Sainte-Foy avait fait vibrer en tout son être les fibres profondes.

Il songeait avec exaltation en regagnant l'Hôpital. Les étoiles commençaient à poindre. Il regarda le vaste ciel avec une attention religieuse, solennelle, et une plainte jaillit de son cœur :

– Dieu vivant, Dieu tout-puissant, pas un passereau n'est en oubli devant vous, pourquoi nous avez-vous livrés à l'Angleterre ?... Maître des secrets éternels, notre Père qui êtes aux cieux, que va devenir ce pauvre petit peuple qui a tant peiné... qui a tant souffert ?

Un apaisement se fit en lui. Mais, se résigner à ce que son pays devînt anglais lui était impossible. Il lui semblait sentir l'étreinte des bras de Lévis... entendre encore l'ardente prière : « Faites durer notre souvenir. »

Et qu'est-ce qu'il pouvait ?...

– Je ne suis qu'une parcelle de la patrie, se disait-il, mais si les autres le voulaient comme moi, le Canada, malgré tout, garderait à jamais quelque chose de la France... toujours, on reconnaîtrait que, sur notre pays, le souffle de la France a passé.

Qu'il lui tardait de revoir Thérèse, de l'entretenir des événements de cette journée.

Elle était entrée dans sa vie ; son souvenir, son image, se mêlait à tout :

– Mais, comprendra-t-elle vraiment ce que je sens ?... Que n'est-elle Canadienne, se disait-il, avec regret !

Quand Monsieur de Tilly arriva à l'Hôpital-Général, on était à souper. Les officiers anglais prenaient leurs repas avec les autres officiers blessés, et la bonne tenue dont tous se piquaient à table, les égards, les attentions que chacun avait pour ses voisins, adoucissaient les rapports journaliers entre ces hommes qui s'étaient si longtemps combattus.

Ce soir-là, Monsieur de Tilly pria son infirmier de le servir à part. Il ne se sentait pas en état de supporter les conversations banales. Le départ de Monsieur de Lévis et de « La Marie » l'avait tant ému, qu'il n'aurait pu en entendre parler.

Une fumeuse chandelle de suif éclairait faiblement sa chambre quand il y entra. Épuisé, il se jeta sur son lit, mais il était bien loin d'avoir envie de dormir.

Trop de sentiments l'agitaient. La visite aux champs de bataille l'avait ému jusqu'aux moelles. L'adieu de Lévis aux morts résonnait en lui… À travers les couches de terre, il revoyait ses compagnons d'armes qui, bientôt, seraient poussière et cendre. Le souvenir des longues marches, des portages, des fatigues lui revenait, accablant.

– Monsieur de Vaudreuil n'exagère pas, pensa-t-il ; pour garder le Canada à la France, les Canadiens ont fait plus que l'homme ne peut faire.

Son âme s'en alla vers Thérèse. Sur ses belles mains pâles, il aurait voulu poser sa tête douloureuse. Elle ne pouvait pas souffrir ce qu'il souffrait. Il le comprenait. Sa vie avait ailleurs ses racines. Mais qu'il la sentait tendre, compatissante, généreuse, aimante, capable de tous les sacrifices, de tous les héroïsmes. Que sa pitié lui était douce. Auprès d'elle, il oubliait tout ce qu'il avait encore à endurer… il avait la sensation qu'une tendresse céleste l'enveloppait, l'enlevait à toutes les douleurs, à toutes les misères. Serait-elle la même avec lui quand ses forces seraient revenues… quand il serait parfaitement rétabli ? Il songea aux obstacles qui les séparaient… à cet espoir vague, sans raison, qui le soutenait, et se dit :

— La plus grande folie de l'homme, c'est de croire que les choses arriveront parce qu'il le désire.

Il ferma les yeux pour s'endormir et revit le départ de « La Marie »... la France qui s'en allait avec la lumière et la beauté du jour, et une noire tristesse l'envahit.

— L'homme n'a que des rêves, murmura-t-il, se répétant la parole de Lévis. Mais, à cette amère pensée, un lointain souvenir de sa mère se mêla.

Il la revit, jeune, rieuse, regardant de floconneuses graines que le vent emportait :

— Regarde, mon petit Jean, lui avait-elle dit, en l'enlevant dans ses bras, regarde ces graines ailées ; le vent va les prendre et les porter où Dieu veut voir un peuplier. Ces petites graines, elles renferment des arbres, beaucoup de grands arbres, des forêts peut-êtres.

Ces mots avaient fait travailler son cerveau d'enfant. Il s'en souvenait bien, et, comme au temps où sa mère lui apprenait ses prières, Jean de Tilly joignit les mains, récita le Pater et l'Ave et s'endormit.

X

Le Gardeur de Tilly trouvait que son blé venait admirablement bien. Il le voyait croître avec un plaisir chaque jour plus vif. Regarder son champ lui faisait oublier toutes ses fatigues. Les beaux épis se formaient, ils allaient mûrir ; quelques semaines encore, et les gerbes empliraient sa grange. Le Gardeur entendait le bruit des fléaux résonner dans l'air ; il respirait l'odeur du bon pain chaud, et son cœur s'attendrissait à la pensée de la joie de ses petits enfants. Il les voyait mordre dans le pain de toutes leurs belles petites dents.

– Si Guillemette n'était pas venue, pensait-il, je n'aurais pas eu de blé à semer, ni un cheval pour labourer.

Du plus profond de son cœur, il bénissait mademoiselle de Muy et le lieutenant Laycraft.

Mais une inquiétude se mêlait à sa reconnaissance. Il craignait que le jeune Anglais ne fût sérieusement amoureux. Il comprenait que la bienveillance d'un heureux naturel ne suffisait pas à expliquer sa conduite envers sa famille. Cette inquiétude s'accrut quand l'officier vint le rencontrer à son champ pour lui dire que Madame de Tilly pouvait réintégrer son domicile… que le manoir était libre.

Ce fruste manoir, au toit aigu, n'était qu'une longue maison solide, entre une cour gazonnée et un vaste jardin qui sentait fort le sauvage. Étroite et basse, mais bien située, cette maison de pierres informes, noyées dans le ciment, ne manquait pas d'un certain charme.

C'est par un beau soir de la fin de septembre que la famille de Tilly en reprit possession. Tous se trouvaient bien favorisés, et quand la flamme brilla dans la vieille cheminée enfumée, Madame de Tilly pleura de joie.

Comme bien d'autres, aux jours de l'invasion, elle avait vécu dans les bois. Se retrouver chez elle lui était un contentement indicible, et, plongée dans son ancien fauteuil à oreilles, dans la clarté tremblante de la flamme, elle pensait :

– Maintenant, je puis espérer revoir mon Jean. Le docteur permettra bien qu'il vienne.

Et les yeux de Madame de Tilly se tournaient vers Québec.

Ce soir-là au manoir, on soupa presque joyeusement, et après le chétif repas, l'invalide resta longtemps devant l'âtre, et, dans sa reconnaissance, dans sa pitié profonde, elle pria ardemment pour ceux qui étaient à la recherche d'un abri et d'une bouchée de pain.

Jusqu'à la Baie Saint-Paul, sur la rive nord ; depuis l'Islet jusqu'à la Rivière-Ouelle, sur la rive sud, les troupes anglaises avaient brûlé les maisons. Les familles n'avaient d'autre toit que le ciel et la feuillée… on ne savait ni où travailler, ni où se reposer, ni où vivre, ni où mourir.

Jean de Tilly apprit avec joie que sa mère était entrée dans sa maison. C'est son cousin, le major de Muy, qui lui apporta cette bonne nouvelle.

– Maintenant, mon cher enfant, ajouta l'officier, si le docteur Fauvel le permet, à la première belle journée, je viendrai vous prendre pour une petite promenade à Saint-Antoine. Je suis à peu près sûr d'avoir un cheval, et vous savez que les voitures ne manquent pas à Québec… Dieu sait s'il me tarde de revoir ma fille, mais pour que vous puissiez venir avec moi, j'attendrai un beau jour.

Les yeux sombres de Jean rayonnaient.

– Merci, mon cousin, fit-il ému. De revoir ma mère, ce me serait une si grande joie !

Et, voulant être agréable :

– Le Gardeur me dit que la présence de Mademoiselle de Muy a été pour la famille une véritable bénédiction. Ma mère l'a bien avant dans son cœur, paraît-il.

Le visage fatigué du major s'éclaira :

– Guillemette est une bonne fille et l'énergie ne lui manque pas. Quand je voulais plaindre sa jeunesse, privée de tout, elle me répondait : « Moi, privée de tout !... Mais, j'ai votre affection... J'ai la lumière du soleil... la chanson des oiseaux... » Vous aimerez sa fierté nationale.

– D'après Le Gardeur, un officier anglais est fort occupé d'elle.

– Un caprice de jeune désœuvré qui s'ennuie à Saint-Antoine de Tilly... C'est bien naturel.

Ce voyage de sept lieues avait fatigué le capitaine de Tilly, mais il avait dormi profondément. Et, quel bonheur, au matin, de s'éveiller dans sa petite chambre d'enfant, le cœur encore plein des émotions de la veille !

Comme il s'était senti aimé ! Oh ! cette joie inexprimable qui avait mis sur le visage flétri de sa mère le rayonnement de la jeunesse, toutes ces étreintes, toutes ces chaudes effusions de l'arrivée !... Et le grand feu dans la cheminée pour le réchauffer, comme s'il sortait de la tombe... et ce bon verre de vin que Guillemette lui avait fait boire lentement. Comme elle avait joui de sa surprise... comme elle triomphait en montrant la vieille bouteille cachetée qu'elle avait découverte au fond de la cave et gardée pour lui.

– Elle a une voix aimable et des yeux d'enfant, pensa-t-il. Quel âge a-t-elle maintenant ? dix-huit ans, si je ne me trompe. Elle a bien grandi, ma petite cousine, mais ses cheveux cendrés n'ont pas bruni.

Un grand silence régnait dans la maison. Jean n'entendait que des pas furtifs, ne reconnaissait pas les habitudes du foyer

– On me traite en malade, se dit-il, avec mélancolie.

Il se leva, reposé, ouvrit la fenêtre du côté du fleuve, et respira allègrement l'arôme du sol natal. La nuit avait mis un peu de givre sur l'herbe. Il aurait voulu, comme autrefois, voir les poules picorer dans la cour, les entendre glousser. Un parfum de la vie primitive, simple et rustique, l'enveloppa, le pénétra. Il sentit comme ses aïeux avaient aimé ce coin de terre conquis pied à pied sur la forêt.

Le vent et les vagues animaient le paysage. Mais les champs étaient déserts. Pas un cheval, pas un bœuf, pas une vache, pas un mouton, n'y paissait. Tout le bétail avait été enlevé, au nom du roi, par les agents de Bigot, et payé en lettres de change.

Debout à la fenêtre, Jean de Tilly considéra le paisible horizon qui demeurerait toujours le même, malgré tous les bouleversements... En face, à l'autre bord du fleuve, la croix de l'église de la gracieuse Pointe-aux-Trembles s'élevait au-dessus des arbres d'or. Les modestes maisons, espacées le long des chemins, n'avaient pas été détruites. Jean le constata avec un vif plaisir. Son regard s'abaissa vers la plage charmante où, si souvent, il avait joué, et son sang frémit au souvenir de Vauquelin, de l'Atalante... Sur les belles eaux profondes, il cherchait à situer le combat, quand des soldats anglais, revenant de la pêche, apparurent sur la côte.

Monsieur de Tilly ferma brusquement la fenêtre, et, tremblant, se jeta sur son lit. Le charme du retour s'était envolé ; le domaine familial lui semblait profané.

Et, amère pensée, c'était à la générosité d'un Anglais qu'il devait d'avoir revu sa mère, d'avoir dormi dans la maison de ses ancêtres.

Une main d'enfant frappa légèrement à la porte de sa chambre, et Le Gardeur entra, portant son dernier né sur son bras.

Jean refoula sa tristesse, s'efforça de causer ; caressa l'enfant.

– Pauvre petit, que va-t-il devenir ? dit-il, passant ses fines mains pâles sur la tête blonde.

– D'abord, un beau gars comme son oncle Jean, répondit gaîment Le Gardeur. Maman assure qu'il vous ressemble.

– Elle croit encore que tout n'est pas perdu… que, toujours, la race française vivra ?

– Sans doute… Guillemette aussi, et elle ne craint pas de l'affirmer au lieutenant Laycraft.

– Et que dit l'Anglais ?

– Ce qu'il dit ?… Il sourit et la regarde d'un air charmé.

– Il en est amoureux, s'écria Jean.

– Dame ! ça se pourrait bien… J'en ai peur… Ce qui est sûr, c'est que nous lui devons d'être revenus chez nous.

– Le Gardeur, quand j'y pense, j'étouffe… Je sens les murs de la maison m'écraser… le toit qui me pèse sur la tête.

– Voyons, Jean, il faut en prendre son parti. Cet Anglais a de l'influence… il agit très bien avec nous… grâce à lui, pas un soldat ne nous moleste.

– Parmi les blessés anglais avec qui je suis en contact à l'Hôpital, il en est aussi qui semblent avoir de belles qualités. Mais, qu'allons-nous devenir ? nous, les pionniers… Quand je pense que le pays appartient à l'Angleterre, j'ai mal au cœur et dans tous les membres.

Et, vibrant d'émotion, il lui raconta le départ de Lévis. Son accent révélait un sentiment intense. Le Gardeur s'en inquiéta :

– Mon cher enfant, dit-il, vous êtes encore bien faible, ces douloureux souvenirs vous font du mal. Il vous faut du calme. La passion vous épuise... En arrivant hier, vous aviez l'air d'un mourant.

– C'est pour cela que Mademoiselle de Muy m'a fait boire son vin si lentement, répondit Jean, avec un frais rire.

– Vous formiez un joli tableau. En ce moment, elle vous fait cuire une belle perdrix.

– Pas de la chasse de l'Anglais ?

– Non, de la mienne, mais c'est le lieutenant qui me fournit la poudre et le plomb.

– Que nous sommes démunis, s'écria Jean, tristement.

– Oui, bien des choses nécessaires nous manquent, mais tant d'autres sont plus à plaindre que nous. Songez-y. Beaucoup d'habitants n'ont ni gîte, ni meubles... pas d'instruments... rien pour travailler la terre, rien pour couper le bois. Les feux allumés par les troupes ont tout détruit... et voici l'hiver qui vient !...

– Mon Dieu ! qu'ils vont souffrir.

– La Nouvelle-France a été une œuvre d'héroïsme ; c'est le temps de s'en souvenir. Il ne faut pas désespérer. C'est dans l'épreuve, c'est dans la souffrance que se forme la sève robuste qui fait un peuple fort. Je me disais cela, en travaillant ma terre avec tant de peines.

– Et le grain est-il bien venu ?

– Très bien… de gros épis pesants… Vous verrez. Maman est contente. Comme elle se dit : Quand on a toujours eu son blé, sa ferme, son four…

– Après le pain noir et gluant que nous avons mangé, comme ce sera bon de voir tirer du four le bon pain blanc. On vous le devra, Le Gardeur.

– Maintenant que la guerre est finie, l'amour de la terre me remonte au cœur. Je vais me donner à la culture. Rien n'est doux à l'œil comme la vue des champs qu'on a labourés, ensemencés.

– Moi, si j'en avais la force, j'aimerais à chasser. Mon fusil, que j'ai tenu si longtemps, c'est comme s'il m'était resté dans les mains.

– Eh bien ! vous chasserez pour commencer. Maintenant que le manoir lui est rendu, notre mère veut nous avoir autour d'elle. Dès que vous n'aurez plus besoin de docteur, vous viendrez prendre votre place au foyer. Maman caresse un rêve… un rêve très doux à son cœur.

– Quel rêve, demanda Jean.

– Vous marier avec Guillemette.

– Elle songe à cela ! elle vous l'a dit ? s'écria Jean, troublé.

– Oui, elle veut vous voir marié… Et, je crois qu'elle n'a pas tort. Dans cette détresse universelle, c'est une lourde charge qu'une famille, mais, je vous l'assure, c'est aussi un merveilleux stimulant, une véritable bénédiction… La confiance que mes petits ont en moi me donne de la confiance en Dieu. Quand je les vois contents, sans craintes, parce que, moi, leur père, je les tiens, j'ai honte de mes inquiétudes, de mes angoisses.

– Ces inquiétudes, ces angoisses sont terriblement bien fondées.

– Non, je n'ai qu'à penser à mes petits enfants pour me rassurer. Qu'auraient-ils à craindre si j'étais tout-puissant ?...

– Et, la vieille douleur humaine, qu'en faites-vous, Le Gardeur ?

– Savez-vous ce que nous deviendrions sans la douleur ?... Laissons faire la Providence. Mais que les Canadiens ne soient pas des corps morts qui flottent au gré des marées. Il faut trouver du courage. Ça ne vous sera pas difficile. Vous avez fait un terrible apprentissage de l'effort, de l'endurance.

– C'est vrai, mais écoutez-moi, Le Gardeur, dit Jean, fixant ses yeux noirs dans les siens, Mademoiselle de Muy est agréable, très bonne aussi, je le crois, mais, il n'y a pour moi qu'une femme au monde ; jamais, je n'en aimerai d'autre.

Son frère le regarda surpris, troublé. Dans ses yeux clairs, il y avait de la douleur.

– Je m'explique maintenant pourquoi vous aviez l'air heureux en arrivant à l'Hôpital, après le dîner chez le colonel d'Autrée. Sa fille est charmante.

– Oui, dit Jean, avec ravissement.

– Mais, mon pauvre enfant, y avez-vous songé ? Que pouvez-vous espérer ?... Elle est Française, elle va quitter le pays...

– Je le sais... Je me le redis... Ah ! l'horrible éloignement murmura Jean, avec désespoir.

– Vous vous préparez d'amers chagrins.

– Elle emportera ma jeunesse… elle emportera mon cœur… Mais, je n'y puis rien. La volonté n'a rien à faire dans l'amour. On ne choisit pas celle qu'on aime. Dites-le à maman… Qu'elle ne me parle pas de son projet…

– Je lui dirai de ne pas vous parler de mariage, mais je ne lui dirai point que vous aimez Mademoiselle d'Autrée. Ça l'affligerait trop… Laissons-la espérer.

– Espérer quoi ? s'écria Jean, tout frémissant de passion. Je l'aime, je l'aimerai éternellement… J'en souffrirai, dites-vous ? Que m'importe pourvu que je l'aime.

– Folie, mon pauvre enfant. Si Dieu vous a retiré du tombeau – on peut le dire – ce n'est pas pour que vous consumiez votre vie en regrets stériles. Vous avez autre chose à faire en ce monde. Avoir fait votre devoir magnifiquement sur le champ de bataille ne vous dispense pas du reste. Il faut tenir aux privilèges de la noblesse… Le premier à l'effort, au combat, au sacrifice. J'ai tort de vous le dire… Vous le savez si bien… Nous sommes tous si fiers de vous…

Sur le feu, à la cuisine, le déjeuner achevait de cuire. Mademoiselle de Muy le surveillait avec grande attention, et des larmes coulaient souvent sur son visage qu'elle essuyait vivement.

– Je viens d'inspecter le verger, dit son père, entrant brusquement dans la cuisine. J'ai eu là une heureuse idée. Des pommes, des prunes sont restées aux arbres. Je crois même avoir vu des cerises.

– Des cerises… à cette saison… elles doivent être parfaitement délicieuses, s'exclama Guillemette, lui tendant un panier.

Quelques minutes après, le major revenait avec le panier plein de pommes, de prunes... sur le dessus, il y avait des cerises magnifiques.

– Les oiseaux ont été bien gentils de nous les laisser, dit Guillemette, avec une joie d'enfant, mais cette joie s'éteignit vite.

Elle disposa les fruits avec goût, courut au jardin choisir des feuilles éclatantes, et en orna la table déjà mise ; mais elle fit cela sans plaisir, avec un sérieux pensif qui n'était pas de son âge.

Certes, elle était contente d'avoir à offrir ces perdrix appétissantes, ces beaux fruits, mais l'allégresse de l'arrivée n'était plus dans son cœur. Une inquiétude, une tristesse, s'était mêlée à la joie du revoir.

Ce rêve léger, imprécis qui avait charmé tant d'heures pénibles, sans trop savoir pourquoi, elle ne pouvait plus le reprendre. La pauvre petite comprenait qu'il fallait repousser le chagrin, mais la vie lui semblait s'être fermée devant elle.

Elle aurait bien voulu pouvoir se réfugier dans sa chambre pour pleurer à son aise.

XI

Monsieur de Muy, rentrant au manoir, aperçut sa fille qui sortait du jardin. Il l'arrêta du geste. J'ai à vous parler, dit-il, la rejoignant à grands pas.

Quelque chose dans son expression inquiéta Guillemette.

– Qu'y a-t-il ? demanda-t-elle, un peu troublée.

– Une surprise... une forte surprise, s'écria-t-il.

– Pénible ? dit la jeune fille, cherchant à lire dans les yeux de son père.

– Vous en jugerez, fit-il, avec un sourire joyeux. On vous demande en mariage… Qui m'aurait prédit cela quand je venais à Saint-Antoine, m'eût trouvé bien incrédule.

Une vive rougeur couvrit le visage de Guillemette, mais elle pencha la tête sans parler.

– Faut-il vous dire qui ? continua le major, posant sa main sur le front de la jeune fille et cherchant à surprendre son impression. Je crois que vous avez deviné… Eh bien ! Oui, c'est le lieutenant Laycraft.

– C'est bien malheureux, murmura-t-elle. Nous lui avons tant d'obligations.

– Malheureux ? et pourquoi, ma fille, dit l'officier fronçant le sourcil. La guerre est finie. Cet Anglais, très bien élevé, me semble aimable, fort honorable.

– Père, c'est impossible, répondit Guillemette… Songez-y… Monsieur Laycraft est protestant.

– Oui, sans doute, mais il m'assure qu'il vous laissera toute liberté de pratiquer votre religion, qu'il ne vous gênera en rien. Il pense rester longtemps à Québec… Nous avons longuement causé… Je crois connaître les hommes… J'oserais répondre de sa loyauté.

– Et sa famille ? ce serait le brouiller à jamais avec les siens.

– Monsieur Laycraft n'a plus ni père, ni mère : « Je n'ai aucune permission à demander, m'a-t-il dit. Quant à mes chefs, je n'appréhende pas d'ennuis. Le général Murray estime les Canadiens ; il les trouve braves et généreux. Sans blesser personne, je puis me marier à mon goût, et, laissez-moi ajouter, que je suis riche. »

– Je sais que Monsieur Laycraft est riche. Mais ce n'est pas la fortune qui fait le bonheur.

– Ma chère enfant, ce n'est pas la misère non plus. Vous en avez assez goûté pour le savoir.

– Il me semble que la patience ne m'a pas fait défaut…

– Mais un cœur patient est un cœur triste. Une résignation de toute la vie !… songez-y.

– Qu'avez-vous répondu, mon père ?

Que je vous transmettrais avec joie sa demande… qu'il aurait bientôt votre réponse. Il faudrait que cette importante question fût décidée avant mon retour à Québec… Vous ne pouvez oublier ce qu'il a fait pour vous plaire…

Guillemette n'avait jamais rien contesté à son père. Elle n'osa plus rien dire et répondit simplement, qu'avant tout, il lui fallait avoir un entretien avec Monsieur Laycraft.

– Soit, ma petite, répliqua le major, mais, n'allez pas le blesser, lui montrer des craintes injurieuses, à lui, si bienveillant, et si bon.

Tout votre avenir est en jeu, ma fille. Pensez-y : il est cruel, l'âpre souci du pain quotidien.

Il s'éloigna, soucieux, mécontent. Guillemette se mit à trier les herbes qu'elle avait cueillies dans le jardin :

– Non, non, ce serait affreux ! Pauvre père, se disait-elle, l'avenir l'épouvante. Il voit la noire pauvreté me suivre jusqu'au tombeau. La pensée qu'il ne tient qu'à moi d'être riche trouble son jugement, lui fait voir tout en beau… Puis, il ne sait pas, il n'a rien deviné… Cet entretien avec Monsieur de Laycraft va m'être bien difficile, bien pénible… nous lui devons tant. Sans lui, nous serions encore tassés au moulin… Comme les autres, nous aurions eu à subir bien des vexations, bien des ennuis… Il m'aime, cet Anglais, c'est évident. C'est donc que j'ai quelques petits charmes… Ah ! si Jean m'aimait, lui !… si je lisais l'amour dans ses beaux yeux dominateurs… Sa mère dit qu'il ne songe qu'à son pays… Comme il a bien raconté le départ de Monsieur de Lévis. Il a des mots vivants… des accents qui me réchaufferaient dans mon cercueil… Ah ! si tous les Canadiens lui ressemblaient, les Anglais n'y pourraient rien… la Nouvelle-France serait immortelle !

XII

En bien des circonstances, Madame de Tilly avait admiré l'énergie de Guillemette. Son caractère lui inspirait de la confiance. Elle était à peu près sûre qu'elle aimerait son fils, et désirait passionnément la voir devenir sa femme.

Aussi, fut-elle consternée quand Monsieur de Muy lui confia que le brillant officier avait demandé la main de sa fille. La joie que le major ne savait pas dissimuler l'indigna, la révolta, et, mettant de côté la vieille robe qu'elle reprisait, très droite dans son fauteuil elle dit nettement :

– Mon cousin, vous me permettrez d'être franche. Si riche, si honorable que soit cet étranger, je verrais dans ce mariage une faute, un vrai malheur.

– Pourquoi ? demanda-t-il.

– D'abord, ce serait trahir notre foi.

— Notre foi ! ! !... mais Monsieur Laycraft s'engage à laisser sa femme parfaitement libre de vivre en catholique.

— Major, ce n'est pas en mariant leurs filles à des protestants que les Canadiens conserveront la foi catholique dans le pays.

— Soyez tranquille, ma cousine, vous ne verrez pas souvent les riches Anglais rechercher les Canadiennes qui n'ont pas le sou.

— Je vous l'accorde... Mais vous ne pouvez donner l'exemple de la défection. Vous portez un nom trop noble... On a des devoirs envers sa race.

— Oui, certes, et je crois les avoir remplis. J'ai tout sacrifié. Mais la France nous abandonne...

— Malgré cela, il faut tâcher de vivre... sauver tout ce qui peut être sauvé !

— Nous sommes absolument ruinés. Quand le gouvernement français soldera-t-il les lettres de change ? Il faut du temps pour qu'un Canadien soit en état de faire vivre sa famille convenablement.

— Soyons catholiques et Français d'abord, et laissons le reste à Dieu.

— D'après vous, ma cousine, je devrais vouer ma fille aux privations et aux labeurs, quand il ne tient qu'à elle de s'assurer une vie facile, très douce même.

— Nos ancêtres aussi ont connu des jours terribles. Ils ont su les traverser. Et Guillemette, comment a-t-elle pris la proposition ?

— Bien... vous savez, je ne m'entends guère à lire dans la pensée des jeunes filles... Elle veut avoir un entretien avec Monsieur Laycraft.

Un sourire effleura les lèvres de Madame de Tilly, qui parla d'autre chose.

XIII

Se savoir aimée avec un parfait désintéressement est chose douce. La première surprise passée, Guillemette l'éprouva. Elle ne pouvait penser à la proposition de Monsieur Laycraft sans une émotion de reconnaissance.

Mais que cet Anglais l'aimât lui semblait bien étrange… et elle aurait trouvé si naturel que Jean de Tilly l'eût aimée. Son attitude envers elle lui remplissait l'âme d'une tristesse amère. Elle avait si ardemment imploré sa vie. Alors qu'il était aux prises avec la mort, elle avait tant souffert ! Ces longues semaines lui avaient été si cruelles.

Dans cette salle du presbytère, transformée en chapelle depuis que les troupes ennemies occupaient l'église, que de fois elle avait prié !… que de fois, elle avait pleuré !… Il lui semblait que ses supplications l'avaient arrachée à la mort. Et, maintenant, elle sentait qu'il ne l'aimait pas. À des signes imperceptibles aux autres, elle le constatait souvent, et une tristesse étouffait dans son âme tout espoir et toute joie.

Cette nuit-là, Guillemette ne dormit pas. Elle avait traversé les jours tragiques ; elle avait vécu dans l'atroce pénurie de toutes choses, mais la fortune qui s'offrait ne la touchait aucunement. Devenir la femme d'un protestant ?… Jamais ! Ses paroles l'avaient meurtrie et elle ne s'expliquait pas que son père désirât cette alliance.

L'officier l'avait fait prévenir qu'il viendrait le lendemain. C'est avec une véritable angoisse que Guillemette songeait à ce qu'elle allait lui dire. Elle aurait tant voulu ne pas le blesser… lui faire agréer son refus.

Il vint dans l'après-midi, d'assez bonne heure. Renfermée dans sa chambre, Mademoiselle de Muy se préparait à l'entrevue en récitant le chapelet. Le cœur lui battit violemment quand son père vint la chercher.

Le lieutenant Laycraft, en civil, l'attendait debout à une fenêtre de la grande salle. Sa tête rousse touchait presque la poutre en saillie du plafond sombre. Très calme, en apparence, il marcha vers elle, et la salua avec sa correction ordinaire. Guillemette, impuissante à dominer son trouble, ne put que balbutier quelques paroles banales. Son père comprit que sa présence la paralysait, et ne tarda pas à les laisser seuls.

Bien qu'on ne fût encore qu'aux premiers jours de l'automne, un feu clair brillait dans la cheminée. Guillemette s'en approcha et indiqua, à l'officier, un siège en face d'elle.

Elle s'assit, et la voyant silencieuse, embarrassée, il dit avec douceur :

– Eh bien, Mademoiselle, puis-je espérer que vous agréerez ma demande ?

Elle leva sur lui ses yeux graves d'enfant et répondit avec simplicité :

– Monsieur, votre demande m'honore autant qu'elle me surprend. Mais, êtes-vous sûr de ne pas obéir à un caprice d'homme ennuyé, dépaysé ?

– Parfaitement sûr, répliqua-t-il, souriant.

– Et vous avez mûrement réfléchi ?

– Je n'ai pas besoin de réfléchir. Je vous aime, dit-il, fixant ses yeux d'un bleu pâle sur les siens.

Elle rougit. Il y eut un léger silence, puis, le jeune Anglais reprit :

– Je ne puis m'en empêcher. C'est plus fort que tout. Quand je vous aperçois, quelque chose chante en moi… J'ai une impression d'épanouissement, de bonheur… C'est pourquoi je veux toujours vous voir et vous avoir. Ça vous étonne ?

– Oui, Monsieur, la pensée que vous songiez à m'épouser ne me serait jamais venue.

– Dans ce temps troublé, on ne sait ce qui peut arriver. Je veux vous protéger, vous défendre… vous arracher à la vie misérable que vous menez… vous faire une vie agréable, délicieuse, charmante.

– Vous avez l'âme généreuse, je le sais. Vous nous l'avez prouvé.

Un sourire effleura la bouche ferme et sérieuse de l'Anglais.

– Il n'y a pas de générosité dans ma manière d'agir envers la famille de Tilly. C'est vous qui m'intéressiez. Je crois, Mademoiselle, que je vous ai aimée dès notre première entrevue dans le champ de Monsieur de Tilly. Pourquoi ? je n'en sais rien. Sait-on jamais pourquoi on est amoureux ?

Dans son accent, il y avait une pénétrante sincérité. Émue, malgré elle, Guillemette suivait du regard les jeux de la flamme souple et brillante.

– Mademoiselle, voulez-vous être ma femme ? poursuivit-il, je puis me marier comme il me plaît. Je n'ai de permission à demander à personne. Voulez-vous partager ma vie ? L'Église catholique croit seule posséder la vérité. Je le sais et suis prêt à faire les concessions qu'elle réclame.

– Et j'aurais confiance en votre loyauté. Mais, soyez-en sûr, Monsieur, ce mariage serait une grave erreur.

– Une erreur !… Et pourquoi ?

— Je ne suis pas la compagne qu'il vous faut. Vous en feriez vite la triste expérience. Quand vous vous retrouveriez dans votre milieu, vous souffririez de ce mariage.

— Où avez-vous pris ces idées-là, Mademoiselle ?

— En moi-même. À mon sens, pour être heureux, le mari et la femme doivent avoir les mêmes pensées, les mêmes sentiments, les mêmes craintes, les mêmes joies, les mêmes espérances. Et nous n'avons rien en commun : la religion, la race, les traditions, l'éducation, les habitudes, tout nous sépare.

— Vous ne penseriez pas ainsi si vous m'aimiez, dit-il tristement. L'amour supplée à tout.

Comme elle se taisait, il reprit :

— Votre père ne pense pas comme vous. Il a très bien accueilli ma demande.

— Monsieur, mon père admire votre grandeur d'âme, votre désintéressement. Puis, l'avenir l'inquiète. Il voudrait que je n'eusse pas trop à souffrir.

— C'est à lui de vous diriger. Il a l'expérience de la vie, la maturité du jugement.

— Il a aussi les faiblesses de la tendresse paternelle. J'appartiens à l'une des plus anciennes familles de la colonie… Cela oblige. Quoiqu'il en coûte, je dois rester Française.

— Alors, Mademoiselle, vous allez passer en France ?

– Non, Monsieur, il faut rester ici… continuer notre vie de misère et d'honneur.

– Ici, mais qu'espérez-vous donc ?

– Vous me le demandez, Monsieur. Eh bien ! ce que j'espère ? J'espère que sur la terre canadienne la semence française vivra.

Ses yeux, d'ordinaire très doux, rayonnaient de fierté. Le lieutenant, l'air sombre, la regarda avec un étonnement profond.

– Si vous connaissiez notre histoire, poursuivit-elle, vous vous expliqueriez pourquoi les Canadiens ne veulent pas mourir.

– Vous êtes bien singulière, Mademoiselle, les jeunes filles, que je sache, n'ont guère l'habitude de s'inquiéter de leurs pays. Elles ont bien d'autres soucis.

– C'est que les Canadiennes sont plus sérieusement formées peut-être, dit-elle, gravement. Savez-vous qu'au Canada les religieuses enseignantes ont précédé les défricheurs ? Vous avez vécu à Québec, n'est-ce pas, vous connaissez le couvent des Ursulines ?

– Oui, après la bataille des Plaines, j'y ai conduit des blessés.

– Quand les religieuses arrivèrent, en 1639, Québec n'était encore qu'un petit poste perdu dans la forêt sans fin. Comme un missionnaire, dont le nom m'échappe, Mère de l'Incarnation aurait pu dater ses lettres : « Du milieu d'un bois de huit cents lieues d'étendue. »

– Certes, il fallait à ces dames une belle provision de courage.

– Du courage et d'autre chose encore. Monsieur de Repentigny, l'arrière-grand-oncle de Madame de Tilly, avait sa maison près du couvent. Quand le feu y éclata en pleine nuit, au fort de l'hiver, il fut des premiers à y courir. Madame de Tilly aime à raconter qu'il trouva les religieuses à peine vêtues, pieds nus sur la neige, mais très calmes, très sereines. Tout fut consumé ! Les flammes, disait-il, rendaient la nuit claire comme le jour, mais j'eus beau regarder, je ne pus surprendre un signe de chagrin, de tristesse... Lui se mourait de pitié et Mère de l'Incarnation lui dit : « Monsieur de Repentigny, pourquoi ne serions-nous pas contentes, nous savons que Dieu est notre Père ! » Madame de Tilly nous rappelle souvent cette parole.

— Madame de Tilly a sur vous beaucoup d'influence.

— Elle en a, je crois, sur tous ceux qui l'approchent, mais, la dominante influence sur moi, c'est l'une de mes maîtresses qui l'avait. Mère Sainte-Hélène, dans le monde Charlotte de Muy.

— Elle était votre parente ?

— Oui, et elle aimait son pays. Elle était fort délicate ; elle avait grandi dans l'opulence, – son père étant gouverneur de la Louisiane – et personne ne prit la dure vie de ces dernières années d'un cœur plus léger. Mais, à ses yeux, la Nouvelle-France était une œuvre d'héroïsme. En voir la destruction lui fut une agonie. Elle mourut le lendemain de la bataille des Plaines, à l'heure même où le corps de Monsieur de Montcalm fut mis en terre... Elle n'a point survécu à la Nouvelle-France... et je trouve cela si beau.

Le lieutenant Laycraft l'avait écoutée avec une surprise qu'il ne cherchait pas à dissimuler, et il resta songeur. Il avait observé Mademoiselle de Muy ; il la savait catholique ardente. Mais puisqu'il s'engageait à promettre tout ce que son Église exigeait d'un mari protestant, un refus de sa part lui aurait paru impossible. La pensée ne lui en était pas même venue.

Au contraire, il avait cru que cette enfant des gueux de la noblesse canadienne serait heureuse de sortir de la vilaine misère… ravie de se laisser aimer, idolâtrer par un jeune mari pas désagréable en somme, et qui pouvait combler tous ses désirs. Elle qui manquait du nécessaire, comme elle jouirait du superflu. Que de fois, dans son imagination, il l'avait parée. Son cœur s'épanouissait à la pensée du changement qui allait se produire dans sa destinée.

Le confort, tout ce qui fait la joie, la douceur de la vie, n'était-ce donc rien ? Il croyait arriver les mains pleines de dons – comme les princes des contes de fées – et quand il lui parlait de son amour, quand il la pressait d'être sa femme, au lieu de penser au bonheur d'aimer, d'être aimée, au charme de la vie domestique, à l'enchantement des premières effusions, elle lui parlait de la Nouvelle-France… elle lui citait les paroles d'une religieuse morte depuis cent ans.

Certes, il l'aurait voulu différente en certains points, plus semblable aux autres jeunes filles avec qui il lui était parfois arrivé d'échanger de menus propos de galanterie mondaine.

Mais, il sentait en elle une âme droite et profonde ; et elle lui plaisait tant. Renoncer à l'espoir de s'en faire aimer lui était impossible.

Il la couvrit d'un long regard, et son cœur, fortement épris, s'attendrit :

– Si enfant qu'elle soit encore par certains côtés, se dit-il, elle connaît les nobles souffrances viriles, les patriotiques douleurs.

Visiblement ému, il se pencha vers elle et murmura :

– Jamais je n'aurais cru qu'une enfant des colonies pût tant aimer son pays. Vous êtes une enthousiaste et ma demande a été prématurée. Les douloureux souvenirs sont encore trop frais, trop vifs… Laissons faire le temps : c'est un fameux consolateur.

XIV

Ce dimanche-là, en entrant après la messe, Mademoiselle d'Autrée, comme elle le faisait souvent, s'arrêta sur la première marche de l'escalier, et levant sa tête charmante, regarda les nids construits sous le rebord du toit, mais elle n'eut pas le plaisir d'apercevoir une seule tête d'hirondelle. Tous les nids étaient vides. Les hirondelles, qui font, paraît-il, quatre-vingts lieues à l'heure, allaient partir.

Le colonel d'Autrée, passant au jardin, en vit une multitude autour d'un vieux cormier. Remplissant l'air de leurs cris, de leurs appels, elles tournaient, viraient sans cesse, décrivant une infinité de courbes. La grâce de leur vol circulaire charma les yeux de l'officier. Il resta à les considérer, à observer les dispositions du départ, et quand les fugitives s'alignèrent, quand la conductrice se mit en tête, une émotion lui pinça le cœur. Sous le vaste ciel clair, son regard suivit avec envie la longue file ailée.

Où allaient-elles, les légères hirondelles, reines de l'air ? Dans le midi de la France, peut-être ?

– Ô terre de France, vous êtes un bien doux pays ! murmura le colonel.

Chaque jour, l'exil lui pesait davantage. Les voisins avec qui il pouvait causer avaient quitté la ville. Regardant la merveilleuse beauté des bois pleins de chants, il pensait :

– C'est l'automne. Bientôt, ils vont se dépouiller. Le ciel va se brouiller, s'assombrir. Les corneilles aux ailes funèbres vogueront seules dans les airs. Puis viendront les « petits oiseaux de misère », comme on dit ici, et ensuite, les bordées de neige, la poudrerie, le froid aigu qui glace et transperce… Moi qui vis dehors, il me faudra me renfermer, et ce sera l'hiver… le long hiver, sans rien à faire qu'à tisonner, qu'à écouter le vent lugubre… Mais les heures passent toutes, se dit-il, refoulant ses tristes pensées.

Comme il traversait le jardin pour rentrer chez lui, il aperçut le major de Muy, marchant vite dans la rue. Il l'arrêta d'un vibrant appel et le rejoignit.

– Vous êtes donc de retour, dit-il lui serrant la main, et depuis quand ?

– Depuis hier soir, colonel.

– Vous avez ramené le capitaine de Tilly ?

– Mais oui, il est à l'Hôpital-Général. Je l'y ai conduit en arrivant. Pauvre garçon, il a encore besoin des soins du docteur : il était si grièvement blessé.

– Ce petit voyage ne l'a pas trop fatigué ?… Se trouver en famille, c'est si bon !

– Oui, mais Madame de Tilly doit à la générosité d'un Anglais d'avoir réintégré son manoir. Cette pensée fatiguait le capitaine. Je crois qu'il n'était pas fâché de revenir à Québec.

– On ne souffre pas trop chez ces seigneurs ?

– Personne ne se plaint. Le blé, semé un peu tard, est bien venu. On aura du bon pain. Je compte y passer l'hiver.

– Que me dites-vous là ? s'écria douloureusement le colonel. J'aurais tant besoin de votre compagnie. J'aime tant à causer et à me promener avec vous.

– Moi aussi, n'en doutez pas ; mais il faut que je retourne à Saint-Antoine.

– De quel air vous me dites cela ! Comme vous êtes lugubre, mon ami ! Que vous est-il arrivé là-bas ?

– Une forte surprise… J'y ai laissé des préjugés et j'en ai rapporté un chagrin.

Étonné, le colonel le regarda sans rien dire. Le major de Muy n'y tint plus. Il lui raconta comment un officier du régiment cantonné à Saint-Antoine s'était épris de sa fille et voulait absolument l'épouser.

– L'amour est un terrible maître, fit le colonel d'Autrée, souriant.

– Cet amour ne touche pas ma fille. Elle a répondu à Monsieur Laycraft que son caprice passerait… que ce mariage ferait son malheur… qu'elle n'est pas la femme qu'il lui faut.

– Comment l'Anglais a-t-il pris le refus ?

– Il s'obstine. Il m'a dit que sa demande avait été trop brusque… qu'il peut attendre, d'ailleurs. Mes conversations avec lui m'ont débarrassé de bien des préjugés. Il agit si bien envers notre famille. Sa protection nous est précieuse.

Il est riche ?

– Très riche et très distingué. Il parle le français presque aussi bien que nous.

– Vous espérez amener Mademoiselle de Muy à l'épouser ?

– Je le voudrais, mais elle croirait forfaire à sa race et à sa foi. Elle dit qu'elle doit rester Française.

– C'est très beau, savez-vous.

– Oui, je l'admets, mais la pauvre enfant sacrifie son bonheur à une chimère.

– À une chimère ! protesta le colonel.

– Oui, à une chimère, répliqua vivement le major. Nous sommes maintenant des enfants abandonnés qui n'ont plus rien à attendre de leur mère. Pour rester Français, il faut repasser en France.

C'est clair. Dites-moi, quand ma fille vivrait dans une quasi-misère jusqu'à la mort, cela changerait-il les destinées de notre pauvre pays ?... Le Canada appartiendrait-il moins à l'Angleterre ?...

Et, saluant brusquement, Daneau de Muy s'éloigna.

XV

Il faisait froid. Les feuilles mortes s'en allaient en tourbillons, emportées par le grand vent.

Frigon, l'ordonnance du colonel d'Autrée, avait descendu du grenier le grand poêle qu'il y avait porté à l'approche des beaux jours, et, avec le secours d'un voisin obligeant, travaillait à le monter.

Toutes les pièces ajustées, le tuyau posé, Frigon sortit. Il revint bientôt avec une brassée de copeaux et de menues branches. À genoux, devant le poêle, il disposa le bois et l'alluma.

Le feu ne tarda pas à chanter et Madame d'Autrée, frileuse, vint s'asseoir au chaud près du poêle.

– Ce n'est pas encore le temps des grosses attisées, mais à présent, expliqua Frigon, sans exposer Madame d'Autrée à prendre froid, je puis éteindre le feu dans l'âtre et ramoner la cheminée qui commence à fumer.

– Faites, dit Madame d'Autrée, mais que tout soit fini avant que le colonel revienne. Il a assez d'ennuis à supporter sans cet aria.

L'ordonnance eut un vague sourire, presque imperceptible.

– Pour plus de sûreté, si Mademoiselle voulait aller le rencontrer, et l'amuser un peu, suggéra-t-il.

– Oui, je vais à sa rencontre, dit Mademoiselle d'Autrée. Elle courut à sa chambre, posa sur sa tête blonde une toque de velours noir, s'enveloppa d'un long manteau et sortit d'un pas léger.

Une épaisse gelée blanche couvrait la terre. Sur la tonnelle les clématites flétries pendaient, lugubres. Le froid avait noirci les feuilles des violettes, et les fleurs contractées se refermaient tristement. Thérèse en prit quelques-unes. La suave odeur n'y était plus. De partout, on sentait venir l'hiver.

Mais, comme une chaude bouffée de printemps chargée de parfums, le souvenir de la première visite de Jean de Tilly lui revint. Sous les branches retombantes du vieux frêne, son regard chercha le banc rustique où, assis à l'ombre, il avait passé l'après-midi. En son âme, elle revit tel qu'elle l'avait vu, quand il lui parlait de ses abattements... bien faible encore, mais si beau, si touchant dans sa virile tristesse.

Comment avait-elle compris tout à coup que quelque chose de redoutable et de charmant l'envahissait… lui faisait oublier la ruine de son pays ?

Entre eux, pas une parole n'avait été prononcée, mais comme une pure flamme qui montait, l'amour lui était apparu, avait mis au plus profond de son cœur une joie où toutes les souffrances se perdaient.

Revivre cette heure unique était sa meilleure ressource contre tous les ennuis. Le charme de ce souvenir restait inépuisable, et, dans l'air vif et dur, en foulant les feuilles mortes qui crissaient, Thérèse pensait à l'amour de Jean de Tilly, à l'entretien dans la senteur des violettes, sous le chaud soleil rayonnant.

Le vent lui apporta les tintements de la cloche des Ursulines. Ces sons grêles et pauvres, qui se perdaient comme une voix trop faible dans l'espace, avivaient toujours chez Thérèse le regret de ne plus entendre les cloches de la cathédrale et de l'église des Récollets. Les souvenirs de ces belles cloches, abattues pendant le siège, l'avaient tant de fois plongée dans des rêveries enchantées.

– Comme ce serait bon de les entendre avec lui, pensait-elle.

La voix bien timbrée de son père lui arriva.

– Vous paraissez bien sérieuse, ma fille, lui dit-il, traversant la rue pour la rejoindre. À quoi pensez-vous ?

– Aux cloches tombées, répondit-elle.

– Moi aussi, je les regrette. C'était si beau les entendre en ce bout du monde. C'est le 22 juillet que la cloche de la cathédrale a sonné pour la dernière fois.

– Un glas ?

– Non, l'Angélus… à la fin du jour. Les assiégeants nous avaient laissé un peu de répit. Le silence régnait chez nous. Tout à coup, dans la douceur du soir, la voix de la cloche s'éleva comme une prière. Je ne sais pourquoi, j'en fus ému jusqu'aux moelles… Le bombardement reprit bientôt… Les boulets rouges étaient surtout dirigés contre la cathédrale. Le feu s'y déclara. Le clocher croula dans la nuit.

– Je m'en souviens, mon père, de cette nuit épouvantable, dit Thérèse, frissonnante.

– Allons encore une fois voir les ruines de la cathédrale, si rien ne vous en empêche… Vraiment, je ne sais que faire…

Ils gravirent la pente qui descend de la rue Buade à la rue des Remparts. Les Anglais avaient reconstruit plusieurs des maisons rurales démolies, mais çà et là des cheminées, plus ou moins endommagées, émergeaient des murs rompus, branlants, à demi consumés. Les alentours de la cathédrale étaient couverts de débris calcinés. Le colonel et sa fille traversèrent le terrain jonché d'éclats d'obus, de bris de vitres, de gravois. Entre les décombres, des chardons avaient poussé… montraient encore leurs fleurs d'un mauve pâle.

La tour octogonale, construite en pierres des champs par Monseigneur de Laval, semblait encore solide, mais l'église n'était plus qu'une lamentable ruine. Sur les pans des murs restés debout, le feu avait tracé de longs sillons noirs. Des morceaux du toit et de la voûte gisaient sur le pavé avec les autels brisés, les statues mutilées, les ferrailles, les pierres sépulcrales.

Thérèse n'entra pas, mais, du seuil, elle regarda longuement le sanctuaire dévasté, où les corneilles croassaient, où la neige allait bientôt s'amonceler, et une terrible tristesse l'oppressa.

Elle rejoignit son père. Sa longue-vue à la main, debout dans une brèche des grilles, il examinait curieusement la tour.

– Ni les boulets, ni l'incendie ne paraissent l'avoir entamée. Elle est intacte, n'est-ce pas étrange ?

– Quand Notre-Dame de Québec sera-t-elle rebâtie ? murmura Thérèse, pensive.

– Le sera-t-elle jamais ? fit le colonel, remettant la longue-vue dans son étui.

Cette parole fut pénible à la jeune fille. Les envolées des cloches, les chants religieux, les harmonies de l'orgue, les belles messes solennelles lui revinrent en mémoire. Les pauvres Canadiens seraient toujours privés des beautés du culte catholique !

– C'est l'endroit choisi par Champlain, pour sa chapelle de Notre-Dame de la Recouvrance, dit-elle à son père, en tendant la main vers les ruines.

– Ah ! les rêves écroulés ! murmura le colonel.

Ils ne se dirent plus rien, et restèrent songeurs, mais, tout à coup, Thérèse frémit comme si un courant mystérieux l'eût atteinte. Elle leva les yeux et, pour elle, le triste ciel d'automne s'irradia, une splendeur flotta sur les ruines de la ville conquise. À l'autre bord de la rue, devant le collège des Jésuites transformé en caserne, la voiture du docteur Fauvel s'arrêtait. Jean de Tilly, debout, radieux, lui fit le salut militaire.

XVI

Le rude hiver s'en allait enfin. Le cristal que les brouillards et le gel mettaient aux branches n'y tenait guère. D'un jour à l'autre, la neige baissait, l'eau ruisselait partout le long des pentes.

Le colonel d'Autrée, qui avait recouvré le plein usage de son bras, se plaisait à creuser des rigoles dans son jardin où des touffes d'herbe morte, des mousses gonflées apparaissaient çà et là.

Appuyé sur sa pelle, la bonne chaleur du soleil dans le dos, il s'arrêtait parfois à regarder l'eau couler, vive et claire. Voir fondre la neige lui mettait le cœur en liesse... La terre allait se découvrir, le printemps n'était pas loin.

Il aurait voulu hâter le soleil, enchaîner les grands vents froids.

La santé de sa femme s'était fort améliorée pendant l'hiver. D'après le docteur Fauvel, Madame d'Autrée était à peu près en état de supporter la mer, et, à la prière du général Murray, qui avait pour elle des égards, l'amiral Colvill avait offert au colonel de le prendre à son bord, sur un vaisseau, quand il retournerait en Angleterre.

Ravi de la faveur et n'appréhendant plus rien, l'officier ne songeait plus qu'au départ.

Cependant, une inquiétude tourmentait Madame d'Autrée, lui enlevait tout repos, toute joie. Sa fille aimait-elle vraiment Jean de Tilly ?... Souffrirait-elle beaucoup ?... Souffrirait-elle longtemps ?... Elle le craignait, mais son mari la rassurait. Il affirmait que le rapatriement, l'animation, les plaisirs de Paris la consoleraient vite.

– C'est l'amour qu'elle aime, comme la plupart des jeunes filles, disait-il avec un sourire.

Madame d'Autrée aurait voulu le croire, mais elle se rendait compte que Jean de Tilly avait un charme rare, un charme redoutable.

La distance de l'Hôpital-Général à la rue des Remparts n'était plus pour lui qu'une simple promenade. Il venait maintenant à la raquette, et, sans la moindre observation, Madame d'Autrée lui permettait de rapprocher et de prolonger ses visites. Elle les sentait l'un et l'autre affamés de présence, et la séparation allait être si déchirante.

Chaque jour trouvait Thérèse plus pâle, plus abattue, la pensée du départ – sûr comme la mort – ne la quittait plus… Le retour dans sa patrie ne lui disait plus rien. En vain, sa mère tâchait de réveiller ces souvenirs du jeune âge qui restent si vifs, si doux dans tout cœur humain. Elle ne semblait pas comprendre. Tout la laissait indifférente. Elle ne parlait plus que pour répondre et semblait condamnée à vivre dans le vide, dans la nuit. Ses vagues espérances, qui avaient enchanté tant de ses heures, ne la soutenaient plus.

Un soir, voyant entrer un officier de la marine anglaise, elle crut qu'il venait les avertir du départ prochain de la frégate. Un cri lui échappa et elle tomba de tout son long sur le plancher. L'alarme fut grande… L'évanouissement se prolongea et un violent accès de fièvre suivit.

– Emmenez-moi, mon père, emmenez-moi, ma mère, gémissait-elle dans son délire… La frégate est belle… la frégate est sûre… mais moi, je mourrai quand je ne le verrai plus… oui, je mourrai. L'amiral me mettra sur une planche… me laissera glisser dans l'océan : « Va, petite Française »…

Elle se voyait, enveloppée de varech, roulée et battue par les vagues comme une herbe de mer, et poussait des cris déchirants.

La fièvre tomba bientôt, mais Thérèse resta très faible. Étendue sur son lit, seule avec sa mère, qui ne la quittait pas, elle lui dit, abaissant son visage mouillé de larmes jusqu'au sien :

– Mère chérie, pardonnez-moi, le quitter me tuera… Il faut me laisser ici. Je vous aime, vous le savez, mais, lui, c'est ma vie… c'est mon âme…

Comme sa mère pleurait doucement, sans rien dire, elle poursuivit :

– Si vous saviez ce que j'ai souffert !… Dans le jour, je pouvais retenir mes larmes, mais, quand j'étais dans mon lit, les larmes se mettaient à couler… Quand je me levais, le matin, l'oreiller en était tout trempé… Oh ! de grâce, demandez à mon père qu'il consente à notre mariage.

– Oui, oui, ma pauvre enfant, je le ferai, dit avec effort Madame d'Autrée, qui n'osait lui refuser.

– Je vous en supplie, faites-le tout de suite, implora-t-elle, la caressant.

Une profonde tranquillité régnait dans la maison. Seul, le colonel veillait encore. Quand sa femme eut passé la porte de sa chambre, elle le vit, assis à sa table, la tête entre ses mains. La chandelle fumeuse qui brûlait devant lui ne donnait qu'une pâle clarté, mais les rafales du vent dans la cheminée projetaient de grandes lueurs qui éclairaient vivement la pièce, et elle fut frappée de l'affaissement de son mari. Jusqu'à ces derniers jours elle l'avait vu si animé, si fort… Son affection s'émut. Le sentiment de sa peine se fondit dans une pitié tendre pour le compagnon de sa vie, et, lui mettant la main sur l'épaule, doucement, légèrement, elle murmura :

– Elle va mieux, elle est consciente.

Le colonel lui avança un fauteuil et ils restèrent quelques instants à se regarder, sans parler.

– J'ai été bien imprudent quand j'ai invité ce beau blessé, dit-il enfin. Mais je l'avais tant admiré à la bataille.

– Oui, nous avons été bien imprudents… Nous aurions dû prévoir le danger… ne pas l'admettre dans notre intimité, si nous ne voulions pas qu'elle l'aimât. Pauvre enfant, pouvait-elle s'en empêcher ?

– Mais on guérit vite de chagrin d'amour, dit l'officier.

– D'ordinaire, oui… très facilement. L'amour vrai est si rare.

– Vous croyez qu'elle l'aime vraiment ?

– Oui… et de cet amour profond qui engage la vie entière.

– Allons donc, chère amie, à Paris, elle sera forcément distraite des souvenirs de Québec… D'autres sauront lui plaire.

– Je crains qu'il n'y ait plus rien pour elle, nulle part.

– Plus rien ?… Voyons… Quand il s'agit de sentiment, les femmes n'ont pas de mesure.

– Mon Dieu ! répliqua-t-elle avec émotion, je voudrais bien me tromper, mais dans les plus humbles signes de leur amour, quelque chose m'a toujours alarmée… Je voyais que ce sentiment n'était pas ordinaire.

– Et les circonstances non plus ne l'étaient pas… C'est un drame héroïque qui s'est déroulé à Québec.

– Et, si jeune qu'il soit, Monsieur de Tilly y a joué un beau rôle… Songez un peu : il n'a pas seulement l'auréole de la bravoure, il a aussi la grâce, le charme… Et avec cela, un cœur intact. Il l'aime terriblement.

Le colonel ne répondit rien et resta sombre, absorbé dans ses pensées.

Sa femme reprit :

— Monsieur de Tilly a de la naissance. Sa noblesse est de bon aloi.

— Oui, sa famille est très ancienne… Il y a eu des Tilly aux Croisades. Mais, lui, que va-t-il devenir ici ?… Quel avenir a-t-il ?… C'est la misère noire qui l'attend.

— Mais notre fille aura une belle dot.

— Vous voudriez ce mariage ? dit l'officier, stupéfait.

— Je ne veux pas voir ma fille mourir de chagrin, dit Madame d'Autrée, essuyant ses larmes. Ce sera bien affreux de la laisser ici, mais, du moins, elle vivra ; et malgré tout, elle ne sera pas malheureuse, car elle l'aime…

Le colonel d'Autrée s'était levé, et marchait de long en large dans la chambre. Au bout de quelques minutes, il reprit son siège et dit tristement :

— Je ne veux pas le malheur de ma fille… Dieu le sait… Mais la laisser dans ce pays conquis, ruiné, bouleversé… jamais…

— Comme tant d'autres Canadiens, Monsieur de Tilly peut passer en France, insinua Madame d'Autrée.

— Le voudra-t-il ?

— Et pourquoi pas ?… Son frère Le Gardeur et sa belle-sœur auront parfaitement soin de sa mère. Il est libre… Aucun devoir ne le retient ici… J'en vois tant qui sont au désespoir de ne pouvoir partir.

— Lui, a du courage, du patriotisme.

— Mais, aussi, il est amoureux, répondit Madame d'Autrée, souriant.

— Certes, ce n'est pas le mariage que j'aurais désiré, poursuivit l'officier. Le capitaine de Tilly est tout à fait pauvre. Puis, c'est un vrai Français que j'aurais voulu pour gendre. Un homme ne doit pas avoir deux patries. Le patriotisme qui se divise s'affaiblit.

— Deux patries ! dites-vous. Mais, il n'y a plus de Nouvelle-France. Jean de Tilly n'aura pas à se partager. Le Canada va devenir anglais… C'est fatal !

— Oui, et c'est aussi bien malheureux. La France héroïque, la France chrétienne avait fait ici une œuvre qui n'aurait pas dû périr… Je comprends la souffrance de Tilly et je le plains.

— S'il restait ici, il serait bien à plaindre. Mais, en France, il sera chez lui. Il est de France… C'est du pur sang français qu'il a dans les veines. Et, vous le savez, les étrangers mêmes ne peuvent voir la France sans l'aimer.

Il y eut un assez long silence.

Le colonel d'Autrée reprit :

— Si Jean de Tilly consent à quitter le Canada… s'il veut s'engager à se fixer en France pour toujours, je passerai sur sa pauvreté… Il est né, comme vous disiez, et Monsieur de Lévis, qui l'a fort remarqué, le protégera. Il lui obtiendra facilement un grade dans l'armée, et Dieu aidant, il aura une belle carrière militaire.

— Qui sait ? peut-être, une glorieuse carrière, s'écria Madame d'Autrée, transportée… Allez vite, dire tout cela à votre fille.

XVII

Le lendemain, le docteur Fauvel vint de bonne heure voir sa malade. Il la trouva à l'état normal, reposant paisiblement, et il ne cacha ni sa surprise, ni sa joie.

– Vous allez à l'Hôpital-Général ? lui demanda Monsieur d'Autrée.

– Oui, directement.

– Voulez-vous remettre ce mot au capitaine de Tilly ? dit le colonel, lui passant une lettre qu'il venait d'écrire. Lisez d'abord.

Le visage du docteur s'épanouit pendant qu'il lisait.

– C'est la seule solution possible, dit-il, pliant la lettre et la glissant dans sa poche.

– Je n'en vois point d'autre. Exiger que Monsieur de Tilly quitte sa famille, son pays, c'est bien dur... Il m'en coûte... Mais, consentir à ce que ma fille reste ici serait criminel. J'agirais en monstre. Non, je ne puis la laisser épouser l'exil, la ruine, la misère. Comme moi, vous connaissez l'état du pays.

– Oui, la misère est le mal général.

– Si le capitaine consent à s'expatrier, le mariage se fera le plus tôt possible, car, d'un jour à l'autre, l'amiral peut se décider à partir.

En arrivant à l'Hôpital, le docteur fit remettre la lettre à Monsieur de Tilly et passa chez ses malades. Au sortir de la salle, il frappa à la porte du capitaine qu'il trouva radieux, s'habillant avec une hâte fébrile.

– Dites-moi que je ne rêve pas, s'écria-t-il, se jetant à son cou.

– Mon cher enfant, je suis presque aussi heureux que vous, dit le docteur, le serrant dans ses bras.

– Et Mademoiselle d'Autrée ? vous l'avez vue ?

– Oui, tout à l'heure. Elle va bien… le pouls est normal, elle a passé une excellente nuit.

– Je puis la voir ? demanda-t-il, d'une voix frémissante.

– Sans doute. Elle s'est réveillée pendant que je l'examinais, et, à l'insu de sa mère, m'a dit bien bas : « Avec lui, toutes les misères m'auraient été délicieuses. J'aurais voulu faire tous les sacrifices, ne lui en demander aucun. Vous le lui direz. »

– Elle a dit tout cela, mon adorable Thérèse, s'écria Jean, ravi.

– Oui, mais c'est une parole d'amoureuse… l'amour aime les excès. Vous le savez, vivre ici n'est pas possible. Ses parents ont parfaitement raison.

Jean ne répliqua rien, le docteur continua :

– D'ailleurs, que feriez-vous ici maintenant ? Il n'y a plus d'avenir pour vous au Canada.

Jean de Tilly, debout à la fenêtre ouverte, regardait, sans les voir, les arbres verdissants de l'avenue… Les songes dorés, les mirages qui avaient parfois charmé la fatigue des longues marches militaires s'étaient bien dissipés, et le rêve de l'amour éternel et sans bornes l'absorbait, l'enchantait, mais il aurait voulu le bercer à travers les solitudes, dans les âpres parfums de la forêt charmante, sous le ciel clair et pur de sa jeune patrie. Il lui semblait qu'à Paris, il regretterait ses bois, la magnificence du paysage qui l'entourait où son amour avait grandi.

Le docteur l'observait, cherchait à suivre ses pensées. Apercevant Mère Catherine qui passait, il l'arrêta et dit joyeusement

— Venez, Mère Catherine, que je vous présente un heureux.

— La guérison est enfin complète, dit la bonne hospitalière, regardant Monsieur de Tilly.

— Oui, mais il y a bien mieux que cela. Notre cher blessé se marie.

— Parlez-vous sérieusement ? demanda la Sœur, surprise.

— Très sérieusement et le grand événement ne tardera pas. Qui sait ?… Le mariage aura peut-être lieu demain.

Et, en quelques mots brefs, le docteur mit la religieuse au courant. Une ombre couvrit son visage serein, et regardant le jeune homme, elle dit tristement :

— Hé quoi ! Monsieur de Tilly, comme tant d'autres, vous allez donc abandonner notre pauvre Canada ?

Une légère pâleur vint aux lèvres de Jean qui répondit :

— Il me semble, Mère Catherine, que j'ai payé ma dette à mon pays.

— Oui, mon pauvre enfant, personne ne sait mieux que moi ce que vous avez souffert… Puis, vous allez prendre du service en France.

— Il ira loin, vous verrez, il est né soldat, dit le docteur.

– Oh ! j'en suis sûre, Monsieur de Tilly fera honneur à son pays.

La bonne religieuse ajouta quelques mots aimables ; elle parla, en termes exquis, de Mademoiselle d'Autrée qu'elle connaissait. Mais Jean avait compris qu'elle le blâmait d'abandonner sa malheureuse patrie, et il éprouvait un malaise. Il avait baissé dans son estime… Il le sentait… et elle avait été si bonne pour lui… elle l'avait soigné avec une patience si inlassable. Et sa mère, qu'allait-elle penser ? Une douleur aiguë à le faire crier le mordit au cœur.

Le docteur partit. Jean passa au jardin et s'y promena quelque temps, pensif. La fonte des neiges avait gonflé la rivière qui débordait. Les feuilles apparaissaient aux branches des arbres. De partout lui arrivaient des murmures de vie, des gazouillis d'oiseaux. La terre délivrée fumait, se réveillait. L'herbe et les douces petites fleurs commençaient à se montrer.

Jean regardait avec cette tendresse confuse que l'amour répand sur toutes choses. Une allégresse flottait dans l'air vif, dans l'infini d'espace et de lumière. Mais, à tout ce que l'ivresse d'aimer peut mettre de joie dans un cœur humain, une tristesse maintenant se mêlait.

Il avait l'appréhension de trahir un devoir auguste : « Faites durer notre souvenir », lui avait dit Lévis.

Il s'était juré de maintenir toute chaude, autour de lui, la mémoire de la France… et il allait partir… pour toujours… lui qui dégageait du patriotisme, disait-on, à l'Hôpital.

Cette soudaine, cette adorable vision de l'amour qui l'avait fait défaillir un instant, quand il courait à la bataille, revint à sa pensée. Il se rappela, comment, renaissant à la vie, sur son lit de douleur, il avait offert à Dieu, pour sa patrie, le sacrifice de son rêve…

Refoulant ces troublantes pensées, Jean de Tilly gagna l'avenue. Il marchait vite, le visage enflammé, et il enfila les rues sans voir les décombres, les maisons défoncées, les arbres broyés, tous ces souvenirs du siège.

Mademoiselle d'Autrée avait quitté la robe de deuil, dans laquelle il l'avait toujours vue, et s'était mise en blanc pour le recevoir.

Sa joie, son amour qu'elle ne songeait pas à voiler donnait à sa frêle beauté une vie, un charme subtil, indicible. En l'apercevant, Jean oublia sa famille, son pays. Ses souvenirs qui l'avaient torturé s'envolèrent.

L'enchantement d'amour le reprit tout entier, et c'est avec une gratitude profonde, enivré, qu'il remercia le colonel.

Le printemps avait été hâtif : le fleuve était libre. Jean voulait traverser le jour même à Saint-Antoine de Tilly, car le temps pressait. Il lui fallut donc bientôt partir.

– Pauvre Madame de Tilly, murmura Thérèse, le retenant un instant sur le seuil. Votre départ va lui porter un grand coup… Je le comprends et j'en souffre… Pour vous aussi, la séparation va être un déchirement.

Et le couvrant d'un long regard candide, elle ajouta avec sa grâce tendre, enveloppante :

– Dieu le sait, j'aurais voulu faire tous les sacrifices. Mais, jamais mon père n'y consentira. Dites-le à votre mère. Dites-lui que je l'aurais soignée, chérie, vénérée. Nous lui aurions fait oublier tous ses malheurs… toutes ses souffrances.

Des larmes embrumaient ses yeux charmeurs.

– Que vous êtes bonne !… que vous êtes bonne ! murmura Jean, avec une ferveur passionnée. Quand même je vous aimerais trop, je ne vous aimerai jamais assez.

– Cet amour va vous faire souffrir.

– Mais, il me rend si heureux… Je tâche de ne pas penser à la douleur de ma pauvre mère qui m'aime tant.

– Elle a un grand caractère.

– Oui, elle l'a prouvé.

– Je redoute son influence sur vous, fit-elle, interrogeant ses beaux yeux sombres.

– Mon bonheur lui est plus cher que le sien… elle sait s'oublier, ma pauvre maman.

Il porta amoureusement à ses lèvres la douce main qu'il tenait. Leurs regards se confondirent.

– Vous voir partir me fait du mal, dit-elle, d'une voix altérée. Que les heures vont m'être longues.

– L'horrible éloignement… fit-il, avec un geste expressif. Mais, bientôt, nous serons inséparables.

Ils échangèrent un sourire, et Jean prit l'escalier – le dangereux escalier – qu'il descendait maintenant d'un pied alerte. En effleurant les marches branlantes, il se rappela son tendre émoi, quand la main de Thérèse l'y soutenait, à sa première visite, et, triomphalement, chanta ce qu'il avait alors pensé :

....
....
« Nous irons tous les deux
« Dans le chemin des cieux. »
....
....

Thérèse qui n'était pas rentrée le suivait du regard. Un tressaillement infiniment doux fit bondir son cœur. Penchée sur la balustrade, elle écouta le simple chant avec ravissement... C'était l'amour jeune, ailé, c'était l'envolée... L'ardente flamme claire montait vers l'azur.

Mais quand la voix aimée s'éteignit, quand elle n'entendit plus que les souffles du printemps à travers les arbres, un froid subtil, une étrange tristesse l'envahit, et sans trop savoir pourquoi, elle pleura.

Le rayon divin s'était voilé. Sa foi au bonheur avait faibli. Une crainte lui serrait le cœur.

XVIII

Jean de Tilly marchait d'un pas rapide. Se voir ainsi tout à coup à la veille de son mariage le jetait dans un trouble délicieux, dans une sorte d'ivresse.

Il avait par moments l'impression d'être déjà parti.

Il ne s'arracherait pas à sa famille, il ne verrait pas disparaître pour jamais la terre natale, sans que son cœur saignât. Il le sentait ; mais, à Thérèse qui l'aimait à ne pouvoir vivre sans lui, il était heureux de tout sacrifier.

Une honte intérieure le soulevait à la pensée que pour lui, elle aurait voulu rester au Canada, sans souci de l'exil, de la dure vie besogneuse, de toutes les misères.

Lui, n'abandonnait qu'une terre conquise, bouleversée, une épave vouée à la destruction et… il s'en allait en France. Il lui semblait que cette pensée adoucirait à sa mère le déchirement de la séparation.

Les chers et tendres souvenirs de son enfance lui venaient. Quand elle le tenait sur ses genoux, combien de fois, elle lui avait parlé de la France, – terre de poésie et de vaillance – glorieuse patrie par delà la mer ! Ses ancêtres en avaient gardé le culte. Longtemps, ils avaient vécu au Canada avec une impression d'exil. Maintenant que le Canada était aux Anglais, qui pouvait le blâmer d'en partir ?

En arrivant à l'Hôpital, il rencontra le docteur Fauvel qui lui dit :

– Je n'ai pas eu à vous chercher un passeur, Monsieur l'Aumônier s'en est occupé. Il vous attend à sa chambre.

– Qu'il est bon ! murmura Jean, plus content que surpris. Depuis qu'il était à l'Hôpital, l'aumônier Monsieur de Rigaudville, lui avait témoigné un intérêt très vif.

Comment n'avait-il pas pensé à lui annoncer son mariage ?… Un peu confus de cet oubli, il se rendit aussitôt à sa chambre.

Monsieur de Rigaudville était un prêtre d'une rare distinction et d'une aménité charmante. Jean, qui se savait aimé de lui, aurait voulu se jeter à son cou, lui dire son bonheur. Quelque chose dans l'expression de sa physionomie l'arrêta :

– Vous m'attendez, Monsieur l'abbé ? dit-il.

– Oui, vous devriez être en route. Vous avez été longtemps.

– Je ne me savais pas attendu, et la visite que je viens de faire n'était pas une visite ordinaire, répondit Jean, avec une lueur ravie au fond de ses yeux noirs.

L'abbé couvrit d'un long regard ému la belle tête ardente : Jean de Tilly incarnait pour lui l'âme de la race canadienne.

– Ainsi, c'est bien vrai… vous épouserez Mademoiselle d'Autrée, vous allez quitter le pays, dit-il, tristement.

– Hé ! Monsieur l'abbé, qu'y ferais-je maintenant ?

Ce que vous y feriez, mon pauvre enfant ?… mais, ce que nous devrions tous tâcher d'y faire.

– Comment ! vous ne songez pas à partir, vous ?… Vous allez rester ici ?

– Mon Dieu ! que deviendrait chez nous la foi catholique, si les prêtres s'en allaient ?… À moins que les Anglais ne m'embarquent de force, je mourrai ici. Monseigneur notre évêque a stigmatisé de retraite criminelle, de désertion, le départ de quelques uns des nôtres… Mais, l'heure presse. Venez, ajouta-t-il, indiquant gracieusement la table où un couvert était mis. Je vous ai gardé une belle tranche de chevreuil et je vais vous donner du vin.

Il lui en versa un verre, et s'asseyant en face de lui :

– Ce soir, il y aura juste un an, je vous portais le viatique. La connaissance vous était revenue, mais vous étiez bien bas. Je restai longtemps à côté de vous, attendant d'une minute à l'autre, votre dernier soupir. Vous en souvenez-vous ?

Jean songea un peu et répondit :

– Je me souviens de ma communion, d'une paix, d'une douceur, qui me pénétra.

Le pâle visage du prêtre s'illumina d'un rayon :

– Ah ! murmura-t-il, le Canada doit rester catholique… il faut que, dans notre pauvre pays, Jésus-Christ, toujours, ait ses autels. C'est avec une parfaite confiance que je vous remettais entre ses mains. Je me rappelle que je lui répétais : Seigneur, il a donné, il a donné sa vie… pour sa patrie… Si vous saviez, avec quelle joie je vous ai vu revivre !… Vous étiez pour moi la personnification du patriotisme. Et vous nous quittez !!! Quel vide et quels regrets ! Ne plus vous voir me sera bien dur.

Jean l'écoutait, visiblement troublé.

– Je voudrais ne pas jeter une ombre sur votre bonheur. Mais, la décision que vous allez prendre est si grave… Il me semble que le prestige de l'amour vous aveugle… Il me semble que votre départ est une grande erreur.

– Vous voulez que je devienne sujet anglais ?… quel bien en résultera-t-il pour le pays ?…

– Je pense vous bien connaître. Croyez-moi, vous n'êtes pas une plante d'acclimatation facile. Vous respirerez mal ailleurs. L'enivrement d'amour n'a qu'un temps… Vous avez ici toutes vos racines, et, en engageant votre parole, vous allez vous condamner à l'irrévocable exil !…

– Mais, c'est en France que je vais.

– Les souvenirs de votre pauvre terre natale vous y poursuivront. Vous aurez le mal du pays... vous aurez la sensation d'avoir trahi un grand devoir. Sur votre lit d'agonie, quand la voix vous est revenue, quand vous avez commencé à causer, vous m'avez dit une parole qui m'est restée dans l'âme.

Jean garda un morne silence. L'abbé reprit :

– Vous m'avez dit : « Il faut avoir aimé dans la douleur pour savoir ce que c'est vraiment qu'aimer. Je sais maintenant ce qu'est l'amour de la patrie. » Alors, le feu sacré était dans votre cœur.

– Le plus violent amour ne peut évoquer une ombre, répondit Jean amèrement.

Deux heures après, Jean de Tilly débarquait sur la rive sud et prenait, à travers les arbres, un abrupt sentier, qui menait sur les hauteurs. Les aiguilles desséchées des épinettes, des sapins, le rendaient souvent fort glissant ; il lui fallait se retenir aux branches.

Son entretien avec Monsieur de Rigaudville l'avait jeté dans une agitation douloureuse. Tout son être se révoltait contre l'idée qu'il ne pouvait partir sans trahir sa race. Intérieurement, il défendait sa résolution avec énergie, avec violence, avec emportement.

Mais quel coup il allait porter à sa mère ! qu'allait-elle dire ?... qu'allaient penser tous les siens ?...

Les arbres s'éclaircirent. Jean arriva sur le plateau. Il avait gravi la rude montée sans ressentir de fatigue, mais quand il respira l'air du domaine familial, quand il aperçut le rustique manoir dont les vitres rougeoyaient au soleil couchant, une faiblesse soudaine l'envahit. Le tranquille horizon, les bois, les aspects familiers lui disaient des choses que tout son être entendait, qui le faisaient défaillir. Il sentait que la terre natale lui était, lui serait toujours cruellement chère. S'appuyant contre un peuplier dont les branches, encore sans feuilles, balançaient leurs fleurs, il suivit du regard la fumée du foyer paternel…

S'il avait pu y vivre avec Thérèse, y aurait-il eu jamais bonheur comparable au sien ? Et, elle aussi aurait été heureuse… Il l'aurait tant aimée que jamais elle n'aurait pu rien regretter.

Comme elle ressentait profondément tout ce qu'il allait souffrir. Il la voyait, il l'entendait lui dire : « Si je pouvais vous épargner ces déchirements, rien ne me coûterait. ». Et son cœur se fondait de gratitude et de tendresse.

Dans les profondeurs de son âme, il répétait ce qu'elle avait dit au docteur Fauvel : « Avec lui, toutes les misères me seraient délicieuses. »

Une joyeuse exclamation le fit tressaillir. Le Gardeur, occupé aux champs, l'avait aperçu et accourait à lui.

– Vous venez m'aider, bravo ! dit-il, après une chaude étreinte. Et le regardant : Mon Dieu ! vous pleurez…

– Oui, et je devrais pleurer à creuser les pierres. Je vais vous faire un si grand chagrin.

– Un chagrin… quel chagrin ? mon cher enfant, interrogea son frère, un peu troublé.

– Je me marie…

– Vous vous mariez ? interrompit Le Gardeur, très étonné.

– Oui, avec Mademoiselle d'Autrée… et il faut partir… Je m'en vais en France.

– Pour toujours ?

– Pour toujours. Le colonel l'exige.

– C'est dire que vous serez mort pour nous, murmura Le Gardeur qui avait pâli sous son hâle.

– Je l'aime… Je l'aime…

– Fatal amour, mon pauvre enfant.

– Je n'y puis rien.

– Votre enchantement a bien des excuses, je le sais. Mais partir est une si grande erreur. Je ne vous parlerai pas de nous, de notre mère, mais votre pays, Jean, votre race… Ne devez-vous rien à nos ancêtres qui ont tant peiné, tant pâti pour qu'il y eût une autre France ?

– Fini, le beau rêve, Le Gardeur.

– Est-ce bien sûr ?… L'heure est noire, je le sais, et en France, dans l'armée, vous pouvez espérer une belle carrière. Mais il importe tant d'être à sa place… Votre départ aura de malheureuses conséquences. Si les descendants des plus anciennes familles abandonnent le pays, que vont faire les autres ?… Puis, croyez-moi, vous ne serez pas longtemps heureux là-bas. Vous ne vous sentirez pas chez vous.

Et, baissant la voix, Le Gardeur ajouta :

– Quand aura lieu votre mariage ?

– Dès mon retour à Québec. Je suis venu demander à maman de consentir à mon mariage, à mon départ.

– Quelle peine vous allez lui faire ! Elle ne cesse de nous dire qu'il faut nous unir, nous ranimer, nous tenir ensemble comme les tisons d'un même foyer.

– Le Gardeur, voulez-vous vous charger de la préparer, de tout lui dire ?… Il m'est si dur de l'affliger !

– Oui, Jean, je le ferai, mais pas ce soir, demain. Laissons-lui la joie de vous revoir ; laissons-lui le repos de la nuit.

Il passa son bras sous le sien, et, le cœur malade, l'accompagna jusqu'à la maison.

Le feu brûlait vif au foyer, et, dans la clarté rougeâtre, ils aperçurent Guillemette de Muy qui allait et venait, préparant le souper.

– Sa vie n'est ni douce, ni gaie, dit Le Gardeur. Son père voudrait bien la voir Madame Laycraft. Il a bien tâché, cet hiver, de la faire revenir sur sa décision, mais il a perdu ses peines. Elle répond toujours : « Je ne donnerai pas aux Canadiennes l'exemple de la défection. »

XIX

Le lendemain, de bonne heure, Le Gardeur de Tilly tint sa promesse. Pour adoucir à sa mère un coup qu'il savait terrible, il fit valoir les grands avantages de ce mariage et appuya sur le bonheur que l'amour porte avec lui.

Madame de Tilly, encore au lit, l'écouta sans trouver la force d'une parole, d'un mouvement ; mais sa pâleur, le froid qui l'envahit furent ses seuls signes d'émotion.

Inquiet, Le Gardeur courut chercher Guillemette. Une gêne obscure l'empêcha de lui parler du mariage de Jean. Il lui dit seulement que son frère voulait passer en France, que sa mère à qui il venait de l'apprendre en était restée saisie, et avait besoin d'elle. Guillemette vit parfaitement qu'il ne disait pas tout, mais elle ne fit aucune question ; la seule annonce du départ lui était si amère, si douloureuse.

Cependant, Jean allait et venait dans le jardin, attendant avec angoisse que sa mère le fît appeler. Ce fut le major de Muy qui vint l'en avertir. Lui approuvait entièrement son mariage et son départ.

– Il est dur de faire souffrir sa mère, lui dit Jean, se dirigeant vers la maison.

– Oui, mais sans cela, vous seriez trop heureux, trop favorisé, mon cher.

– Se séparer !... tout quitter !...

– Comprenez-le bien, vous êtes un privilégié de partir dans de telles conditions. Ça semble trop beau pour la réalité. Votre mère veut votre bonheur et ce mariage lui en est une garantie. C'est dire qu'elle a bien des sujets de se consoler. D'ailleurs, que deviendriez-vous ici ?... À quoi bon s'illusionner ? Ce qui est mort est mort. Votre mère et Le Gardeur ne veulent pas l'admettre. Ils parlent d'avenir, de survie. Dites-moi, avez-vous jamais rêvé que vous poursuiviez des ombres dans la nuit ? Moi, j'ai fait ce rêve et, quand je les écoute, malgré moi j'y songe. Ma fille partage toutes leurs idées. J'ai beau lui parler raison, je n'obtiens rien : elle reste inébranlable. Elle va sacrifier à une chimère la richesse, le bonheur d'être aimée, toutes les joies de la vie.

Madame de Tilly, coiffée, habillée, était couchée, très calme en apparence. Jean, fort ému, s'agenouilla à côté de son lit et lui dit tendrement :

– Mère, je souffre de vous causer une peine si cruelle.

– Mon fils, lui dit-elle, ne parlons pas de moi. Ma vie s'achève... Je m'en irai bientôt. Il s'agit de vous, de tout votre avenir. Je ne puis refuser mon consentement à votre mariage, à votre départ.

– Merci, merci, murmura-t-il, lui baisant les mains. Dites-moi que vous me pardonnez...

– Pauvre enfant, l'amour vous entraîne... Je vous veux heureux... Dieu le sait, pour vous épargner une douleur, je donnerais avec joie les jours qui me restent. Mais les sentiments personnels ne doivent pas compter, quand il s'agit de la patrie, de la vie nationale. J'ai demandé à votre père de m'aider, de me donner la force de vous dire ce qu'il vous dirait, si vous pouviez l'entendre.

Il y eut un long silence pénible, puis, avec la calme énergie qui lui donnait une singulière emprise, elle continua :

– Votre pays a sur vous des droits imprescriptibles. Y avez-vous bien réfléchi, mon fils ?

– Oui, mère, et cette pensée m'a troublé, murmura Jean.

– Mais, cette pensée ne vous a pas arrêté... vous voulez partir !... Sous la terre canadienne pourtant, il y a cinq générations de Tilly. Québec n'était qu'un petit poste perdu dans la forêt sans bornes, quand votre ancêtre, Jean de Tilly, vint s'y établir... Enfant, je me souviens que vous m'interrogiez sur lui. Sa pauvre maison, avec les étoiles au-dessus, la forêt tout autour, parlait à votre imagination. C'était vraiment singulier comme vous

vous intéressiez aux pionniers de la Nouvelle-France. Je voyais que de magnifiques images passaient dans votre petite tête...

Jean les revoyait ces images. Ces robustes cœurs en cendres, il les sentait vibrer en lui. Il avait si bien cru que les pas de Champlain avaient laissé sur la terre canadienne une empreinte que rien n'effacerait jamais.

— C'étaient des hommes, dit-il douloureusement. Pourquoi faut-il que leur œuvre soit à bas ?

— Tout est-il fini ?... Faut-il renoncer à l'espoir que, malgré tout, la race française vivra chez nous ?... Notre grande Marie de l'Incarnation disait : « Le Canada est un pays spécialement gardé par la Providence. » Je le crois, j'ai foi en nos destinées...

Mais, si ceux qui devraient maintenir la religion catholique, les traditions, la langue, s'en vont, il est sûr que le pays sera bientôt anglais... Avez-vous réfléchi à votre responsabilité vis-à-vis de ceux qui vont rester... qui ont tant besoin d'exemples et d'encouragements ? Votre départ, croyez-moi, aura un mauvais effet.

— Ah ! mère, je le crains, dit Jean, se serrant contre elle, comme lorsqu'il était petit ; mais, c'est bien ma race que je vais servir là-bas... Et Thérèse... elle est si délicieuse : elle m'aime tant ! Elle aurait voulu faire tous les sacrifices, ne pas m'en demander un seul. Elle veut que je vous dise qu'elle vous aurait été la plus tendre, la plus dévouée des filles, mais jamais, ses parents ne consentiront à la laisser ici. Il faut donc que je parte... Je ne puis pas lui déchirer le cœur...

— S'il vous fallait marcher au combat... à la mort... vous laisseriez-vous arrêter par la pensée de sa douleur, de tout ce qu'elle souffrirait ?... Ni son amour, ni son désespoir, ne vous retiendrait. Vous partiriez !... Aujourd'hui, la guerre est finie. C'est à l'obscur, à l'incessant combat contre les misérables difficultés de l'existence qu'il faut tout sacrifier… La survivance de notre race est à ce prix.

Son fils la regardait avec une expression de détresse qui lui transperçait le cœur. Elle poursuivit :

– Je vous l'ai dit, je ne m'oppose pas à votre mariage, à votre départ. Ma bénédiction et ma prière vous suivront partout. Mais, si ma tendresse ne me trompe pas, vous avez l'âme grande, mon fils. Rien ne vous fera oublier votre patrie… la pauvre terre natale… qui a bu votre sang… vous souffrirez de ne l'avoir plus sous les pieds… l'avoir abandonnée vous sera un remords. Je comprends, je ressens profondément votre douleur, mon cher enfant ; mais, toute chose dure et terrible à nos cœurs n'est que le secret de la bonté de Dieu… Je vous en conjure, avant de vous décider à partir, examinez bien ce qu'exige le devoir… ce que commande l'honneur…

Le front appuyé sur ses mains, Jean l'avait écoutée dans un silence farouche. Pendant quelques minutes, il resta immobile, puis il se leva. Ses yeux, restés secs et brillants, se creusèrent soudain, et lentement, il dit :

– Vous dites vrai, ma mère, le devoir est ici… Je n'ai pas le droit d'être heureux… je ne partirai pas ! ! !

Sous son bras gauche, des filets rouges apparaissaient sur ses vêtements. Madame de Tilly eut un geste d'effroi : un cri d'angoisse lui échappa.

Jean plongea la main dans son sein et la retira toute sanglante :

– Ma blessure au côté s'est rouverte, dit-il, et il défaillit.

XX

À Saint-Antoine, il n'y avait pas de médecin, mais le chirurgien, attaché au régiment anglais cantonné dans le village, vint avec empressement. Il donna à Jean de Tilly les premiers soins et prescrivit l'immobilité, le repos absolu.

C'est la mort dans l'âme que Le Gardeur dut quitter son frère pour se rendre immédiatement à Québec. Avant d'aborder le colonel d'Autrée, il voulut voir le docteur Fauvel et lui dire l'accident funeste.

– Comment ! s'écria l'excellent homme, consterné, sa blessure au côté est rouverte !… C'est un grand malheur… Maintenant, son départ est impossible. Il ne supporterait pas la traversée.

– Mon frère ne voulait plus nous quitter. Il avait compris que sa place n'est pas en France, mais, ici, au Canada.

– Mon Dieu ! que me dites-vous là ? s'exclama Fauvel au comble de la stupéfaction. Il avait renoncé à son mariage ?…

– Oui, et c'est, sans doute, la souffrance de la lutte contre son amour qui a fait sa blessure se rouvrir.

– Mais, c'est de la pure folie. En France, son avenir était assuré… et Mademoiselle d'Autrée est charmante… elle est exquise, adorable… Jamais mariage n'offrit plus de garanties de bonheur.

Le Gardeur ne répondant rien, il poursuivit :

– J'appréhendais les émotions de sa visite chez vous ; j'appréhendais le déchirement des adieux ; mais qu'il sacrifiât son amour ne me serait jamais venu en pensée. Je l'avais vu naître cet amour avec tant de joie.

J'y voyais une récompense de son héroïsme, de ses longues souffrances. Ce mariage était mon rêve. Il me semblait que je n'y avais pas nui. Et tout est fini… anéanti… Les pauvres enfants n'ont plus qu'à souffrir… Une chimère les sépare.

– Une chimère, répéta Le Gardeur, ne devons-nous rien au passé ? Les descendants des plus anciennes familles de la colonie peuvent-ils donner l'exemple de la désertion ?

Le docteur était français, il répliqua, s'aigrissant un peu :

– Le passé… la race… la désertion… dites-moi, ne devez-vous rien à la France ?

– Nous devons à la France de ne pas laisser le Canada devenir anglais. C'est à quoi doivent tendre tous nos efforts désormais. Mon frère a compris que le devoir, que l'honneur l'attache à l'œuvre des ancêtres.

– Quelle étrange exagération ! Vos ancêtres ?… des os blancs au fond des cercueils. Et cette délicieuse enfant qui donnerait sa vie pour lui épargner un chagrin, ne lui doit-il rien ?… Mademoiselle d'Autrée est fort délicate, Monsieur de Tilly, croyez-moi, il ne faut pas qu'elle sache la funeste détermination de Jean.

– Je dois la vérité au colonel.

– Oui, mais gardez-vous de tout dire à sa fille… laissez-lui l'espoir qu'il passera en France, quand il le pourra sans danger… laissez-lui l'illusion qu'il l'aime par-dessus tout.

– Si jeune qu'elle soit, Mademoiselle d'Autrée comprendra qu'il est beau de sacrifier le bonheur au devoir.

– Croyez-moi, laissez-lui de l'espoir.

– Ah ! docteur, murmura le jeune homme, avec accablement, que cet entretien va m'être difficile et pénible… que va penser le colonel ?…

– Le colonel… Pour lui, le patriotisme est la vertu suprême. Il trouvera peut-être admirable la conduite de Jean… Mais Mademoiselle d'Autrée a besoin de grands ménagements. Votre devoir accompli auprès des d'Autrée, venez me prendre. Je traverserai avec vous. Je veux voir Jean. Je veux pouvoir rassurer Mademoiselle d'Autrée, lui dire que je l'ai examiné, que sa vie n'est pas en danger, pourvu qu'il soit raisonnable, qu'il se tienne en repos.

Le lendemain, à son retour de Saint-Antoine, le docteur, avant même de passer chez lui, se rendit chez le colonel.

Il trouva la maison bouleversée. L'amiral devait partir au premier bon vent, et, à part Thérèse, chacun travaillait aux emballages.

Monsieur et Madame d'Autrée se précipitèrent au-devant de lui et l'interrogèrent avec le plus vif intérêt :

– La rupture du mariage et l'accident nous ont fort attristés. Ce sacrifice ne servira guère, évidemment, mais cette fidélité au passé, c'est beau !… c'est grand !… c'est héroïque !… Si beaucoup de Canadiens avaient l'âme aussi française, je croirais sans peine que tout n'est pas fini pour nous au Canada, dit le colonel.

Jean de Tilly mérite d'être aimé : le cœur de ma fille ne s'est pas trompé, ajouta Madame d'Autrée.

– Comment va-t-elle ? interrogea le docteur.

– Elle pleure sans cesse, mais son état ne me semble pas alarmant, répondit Madame d'Autrée, le conduisant chez sa fille. Monsieur de Tilly a montré bien du tact, et je sais que vous aussi, vous saurez lui dire ce qu'il faut.

La vue de Mademoiselle d'Autrée émut le docteur Fauvel. Sa tranquille douleur était si vraie, si touchante.

– C'est sa blessure au côté, celle qui l'a tenu en danger si longtemps, qui est rouverte ? demanda-t-elle.

– Oui, mais pourvu qu'il se tienne en repos, cette blessure sera vite cicatrisée, répondit le docteur, et il ajouta quelques détails tout à fait rassurants.

Elle lui parla avec sa simplicité, sa candeur ordinaires. Les mots douloureux lui arrivaient comme chargés de douceur.

– Je ne me reconnais plus, lui dit-elle, je sens que Dieu est bon pour ses pauvres petites créatures. Malgré ma désolation, j'ai en moi une paix profonde qui me donne la force d'accepter cette épreuve. Dieu peut tout adoucir, je l'ai vu souvent : Si nous savions tout ce qu'il sait, nous voudrions tout ce qu'il veut, paraît-il.

Les larmes inondaient le tendre visage de Thérèse, elle dit :

– Je pleure presque continuellement depuis l'affreuse nouvelle. Je ne puis m'en empêcher, mais c'est comme si une main infiniment tendre essuyait mes larmes. Dites-le à Jean. Qu'il ne s'inquiète pas de moi… Si je pouvais aller le voir avant de partir ? implora-t-elle.

– Y songez-vous, pauvre enfant ? Les émotions ne lui sont pas bonnes. Vous risqueriez de lui faire du mal.

– Si j'avais pu rester ici, toutes ces souffrances lui auraient été épargnées. Nous aurions eu une vie calme, si douce.

– Puisqu'il n'a pu soutenir la douleur, le bonheur, pour lui, aurait-il été sans danger ? Sur la terre, vous le savez, un grand bonheur fait peur.

– Mais aussi, sur la terre, la crainte s'y mêle toujours… Il me semble que j'ai tellement mieux la compréhension des choses. Les pensées graves m'assiègent… J'avais si bien oublié qu'il faut mourir.

Il y eut un silence, puis, le docteur poursuivit :

– Croyez-en ma longue expérience de la vie, vous êtes une privilégiée… Aimer, admirer, c'est le bonheur !… Mais, combien l'ont en ce monde ?… Infiniment peu. Chez bien des jeunes filles, le sentiment est divin, mais l'objet est indigne. Lui est si noble… Puis, pour que l'amour rende vraiment heureux, il y faut, je crois, la fleur de la beauté et de la jeunesse. Vous avez tout cela. N'allez pas vous trouver à plaindre.

– Je n'ai pas le moindre sentiment de révolte, mais je n'ose plus guère croire au bonheur… La crainte m'arrive de tous côtés… Pourrais-je lui tenir lieu de tout ?… Si je constatais, un jour, qu'il regrette son mariage… qu'il a le mal du pays… j'en aurais une douleur mortelle.

– Voilà ce que vous appelez des pensées graves ? dit-il. Soyez tranquille.

– Je voudrais l'être… Je voudrais croire à l'amour sans fin.

– Dès que Jean le pourra, il vous écrira.

– Mais, quand aurai-je sa lettre ? fit-elle, avec accablement.

– J'irai le voir souvent. Nous parlerons de vous… Contez-vous le reste à vous-même, dit le docteur, la quittant.

XXI

Un grand vent soufflait du sud-est. Le Northumberland allait partir.

Mademoiselle d'Autrée venait de fermer sa malle. Elle ne pleurait plus, mais il lui semblait qu'elle ne partait pas tout à fait vivante ; qu'en ce monde, pour elle, tout avait pris fin, et par moments, une terreur la glaçait.

Debout à sa fenêtre ouverte, elle regardait la rade brillante, en songeant à tout ce qu'elle avait entendu raconter des pressentiments et se demandait :

– Est-ce cela ?... Vais-je mourir ?... Allons-nous périr en mer ?...

Madame d'Autrée entra :

– Il fait toujours froid sur l'eau. Mettez votre manteau de loutre, dit-elle, le lui tendant.

Thérèse obéit. Madame d'Autrée agrafa la riche fourrure, et considérant sa fille avec complaisance :

– Que ce manteau vous va bien, dit-elle. Quel dommage que vous n'ayez plus de miroir !

C'est d'un pas tremblant que Thérèse franchit le seuil de la maison, qu'elle traversa le jardin. Elle y avait vécu de ces moments qu'on voudrait éterniser, et, avant de prendre la Côte de la Montagne, elle se retourna pour apercevoir encore une fois le toit qu'elle venait de quitter pour toujours.

Comme la famille d'Autrée arrivait au quai du roi, l'amiral Colvill embarquait, suivi de son état-major, et le Northumberland arborait le pavillon.

Dans la foule qui se pressait, Thérèse distingua Le Gardeur de Tilly. Il vint à elle vivement :

— C'est lui qui m'envoie ; permettez, dit-il, prenant sa main, pour l'aider à monter l'escalier du vaisseau.

Se sentir soutenue par le frère de Jean fut doux à Thérèse ; elle aurait voulu lui parler, l'entretenir librement, mais un grincement de chaînes l'avertit qu'on levait les ancres.

Le départ eut un air triomphal qui affecta le colonel d'Autrée. Il revoyait le morne départ de la petite flûte La Marie, qui avait failli périr sur les côtes de Terreneuve. Il ne pouvait s'empêcher d'admirer le puissant navire anglais et la belle discipline du bord.

Indifférente à ce qui l'entourait, sa fille suivait sur la plage les mouvements de Le Gardeur de Tilly. Sa noble taille, son beau port de tête, lui rappelait Jean au vif.

— Il va le retrouver, il va vivre avec lui, pensait Thérèse.

Jean lui apparaissait immobilisé, roulé, serré dans les bandelettes. Si elle avait pu le soigner… l'aimer… Quand le reverrait-elle ?… Elle n'osait plus croire au bonheur. Le voile qui couvrait l'avenir était si sombre, si lourd !…

Cependant, Québec s'éloignait ; il allait disparaître dans la belle clarté du jour. Ce que Jean lui avait dit de Champlain lui revint soudain. L'héroïque fondateur lui sembla surgir…

Sous le vaste ciel, sur la terre canadienne abandonnée, il cherchait le drapeau de la France. Une honte serra le cœur de Thérèse et elle murmura :

– Ferme les yeux, ombre glorieuse !

XXII

La traversée fut très heureuse. Quand la brume se dissipait, Thérèse tâchait de se tenir sur le pont. La vue du ciel et de la mer enchantait sa tristesse, lui rendait plus sensible le mystère qui est en nous et hors de nous.

Loin de la fatiguer, le voyage semblait la fortifier. Mais elle ne fit que toucher la terre de France. À peine était-elle débarquée au Havre qu'elle tomba malade. Un refroidissement, pris en Angleterre, causa une pneumonie qui l'emporta en quelques jours.

Cette frêle enfant fut courageuse devant la mort :

– Dieu lui-même m'a préparée, dit-elle à sa mère. Je le vois maintenant, il a tout disposé et il me fait la grâce d'aller à lui sans crainte… comme un enfant va à son père.

Dans les instants de répit que lui laissait la souffrance, elle voulut écrire à Jean de Tilly, et en s'y prenant à plusieurs fois, elle parvint à tracer ces mots : « Dieu n'a pas voulu que vous eussiez la douleur de me voir mourir. Si mon heure est venue, comme je le crois, ne vous désolez pas, ne me confondez pas avec mon cadavre. Je vous aimerai tant que mon âme vivra. »

XXIII

La lettre de Madame d'Autrée n'arriva à Québec qu'un an après et jeta la famille de Tilly dans de mortelles alarmes. Grâce aux soins incessants qui l'entouraient, Jean était rétabli, mais sa profonde tristesse le laissait sans force, sans ressort.

Ni Madame de Tilly, ni aucun des siens n'osèrent lui apprendre la mort de Thérèse. Le docteur Fauvel, non sans grande crainte, se décida, après quelques mots de préparation, à lui remettre simplement la lettre de Madame d'Autrée.

Jean voulut la lire seul, et quand Le Gardeur, inquiet du silence, entra dans la chambre, il le trouva en larmes, mais fort calme :

– Nous étions pour jamais séparés, dit-il, la mort nous rapproche… Elle sait tout maintenant, et, j'en suis sûr, elle m'approuve.

Le temps s'écoula sans amener chez lui de changement.

– Mon Dieu ! s'écria un jour Madame de Tilly, n'aura-t-il plus jamais le goût de vivre ?

– Mais oui, ma mère, répondit Le Gardeur, la jeunesse se reprend toujours à la vie. Laissez faire le temps, la beauté de la terre, le charme de Guillemette.

– Tout mon espoir est en elle.

– Et vous avez raison.

Ils ne se trompaient pas.

Par un beau soir de mai, Jean, qui travaillait au jardin avec Guillemette, s'arrêta tout à coup et lui dit :

– Il faut que le Canada aille en tâtonnant à ses destinées… La terre n'a jamais laissé mourir de faim ceux qui l'aiment… Guillemette, voulez-vous être ma femme ?

– Si je le veux ! s'écria-t-elle, avec une ravissante simplicité.

– Je ne pourrai pas vous faire une vie douce, vous le savez, Guillemette, mais je vous aimerai.

– Vous m'aimerez, Jean ? fit-elle, transportée… Alors, croyez-moi, je porterai toutes les peines de la vie aussi facilement que le cap Tourmente porte les gouttes de rosée.